桜坂は罪をかかえる

KZ'D

KZ' Deep File

藤本ひとみ

講談社

桜坂は罪をかかえる

KZ'D

KZ' Deep File

装画　アルベール・アンカー「髪を編む少女」
ヴィンタートゥーア芸術文化歴史財団蔵
装丁　坂川事務所

目次

序章

1

　採点された考査《テスト》用紙の束が返され、成績が廊下に張り出された日の校内には、興奮と嫉妬、羨望、突き放すような強気の無関心が渦を巻く。授業は今日で終わり、明日は終業式だけという解放感も手伝って、学校全体が騒がしかった。教室を出た上杉和典は廊下を歩き、階段へと足をかける。あたりにいる生徒たちの視線が追ってきた。ささやく声も耳に届く。

「上杉だ。また数学、学年トップだぜ」

「入学以来ずっとだよ。一度、塾で急落したって聞いたけど、その時期うちじゃ考査がなかったからさ」

「いいなぁ、あいつ」

「結局この一年間、誰も連勝記録を止められなかったってわけか」

「でも総合じゃ、トップじゃないぜ。数学だけできても意味なくね」

「できないよりマシじゃん」

男子校は、思春期に異性の目を気にする事なく伸び伸びと活動し、自らを伸ばし、力を蓄えるために最適な環境である、というのが中高一貫のこの学校の謳《うた》い文句だった。しかし多くの親は、有名大学進学率の高さに惹《ひ》かれて息子を入学させている。和典の親も、そうだった。

「あいつ、どういう勉強してんのかなぁ」

「俺、上杉になりたい」

「ん、数学のトップに君臨してみたいよ」

いくら数学のトップに君臨できても、実の母親をクソババアとしか思えない人生は幸せじゃない。そう思いながら和典は溜《た》め息をつく。もうずいぶん前から数学は、母という圧倒的な力から保護してくれるシェルターだった。そこには、母の強引な理屈や指図が入りこむ余地がない。数学をしていれば、母を追い払う口実にもなった。心に染みついている怒りの堆積を、さらに大きくせずにすむ。

「新学期からの自由単位、あいつ、数学取らないらしいぜ」

「おお、さすが断トツ、余裕じゃん」

「何、取ったの」

「国語だって。総合を上げるつもりなんだろ」

「虻蜂取《あぶはち》らずになる危険、かなり大と見た」

「これで躓《つまず》くかもね」

磁気を帯びた砂鉄のように体にまといついてくる視線を、感じない振りで素早く階段を下りる。段の途中でじゃれている生徒たちが振り上げる拳の下をかいくぐり、踊り場でアダルト本をのぞいている連中の横を通り過ぎた。

昇降口から外に出る。屋根の向こうに、薄い雲の広がる空が見えた。今朝方まで煙るように降っていた雨が止《や》み、柔らかな陽が射して濡《ぬ》れた木々の葉を輝かせている。地面から立ち上る湿気で、あたりがぼんやりと揺れて見えた。

裏門に向かって歩く。もう梅の樹は静かだ。花は散り、茶色に縮れた花弁《はなびら》が銅像の台座に吹き寄せられている。代わって桜が騒がしかった。枝のそこかしこに膨らんだ緑色の蕾《つぼみ》をつけ、その先を桃色に染めている。節くれた幹の中からは、迸《ほとばし》らんばかりに流れる新しい樹液の音が聞こえてきそうだった。

憂鬱《ゆううつ》な時期だなと和典は思う。春は、踏み出さねばならない季節だ。秋から冬に考え、決断した事を春に実行する。自信の持てる結論に至っていなくても、時は構わず背中を押してくるし、冬の厳しさを失った空気は、可能性に満ちているかに見える。それに惑わされ促《うなが》されて、間違いであるかもしれない確信に向かって踏み出すのだ。和典は数学の単位を減らし、国語を増やした。この選択で大事なものを失うかもしれない。不安と戦《おのの》きに揺れる心を一人で抱えている気分は、憂鬱としか言いようがなかった。

ポケットでスマートフォンが鳴り出す。取り出してみると、小塚だった。

「大変だよ、上杉」

今は同じ学校だが、知り合ったのは塾で、それ以来、付き合いが続いている。穏やかで御人好し、我慢強く、この世のありとあらゆる生き物を愛している生物オタクだった。オタクなだけに時々は絶対に譲れない事もあるらしく、周囲が驚くほどの頑固さを見せる。だが概《おおむ》ね鷹揚《おうよう》で、和典としては苛立《いらだ》たしくなる事もあるが、癒やされもした。小塚のようにすべてを柔らかく受け止められたら、自分にも今とは違う毎日がやってくるのかもしれないと思う。

「三日前、若武が急に電話してきて、修道院に入るって言うんだ」

和典は鼻で笑った。

「あ、そう」

修道院といえば、キリスト教の信者が集団で修行する場所だった。人里離れた山の奥で、厳しく禁欲的な生活を送るというイメージがある。俗の塊のような若武が、いったい何を思いついての修道院入りなのか。皆目《かいもく》わからなかった。

「入れとけよ」

若武と知り合ったのも、同じ塾である。時々は和典が羨《うらや》ましくなるほど子供で、時々は皮肉を言わずにいられないほど一本気、時々は耐えられないほど気障《きざ》だった。目立ちたがりで日常生活にドラマを求め、ちょっと出かけるだけでも今生の別れのように振る舞うのが好きなのだ。だが何事も、長くもった例《ためし》がない。すぐ気が変わるのだから、ベストの対応は放置だった。

「じゃな」

話を切り上げ、スマートフォンをズボンの後ろポケットに差しこんだとたん、呼び出し音が鳴り出す。見れば、また小塚だった。

「上杉、お願いだから切らないでよ。僕、どうしていいのかわからないんだ。だって若武は、本当に変なんだもの。電話かけてきて、今まで色々ありがとって切り出して、迷惑かけたかもしれない、ごめんな、じゃ元気で、皆にもよろしく、それだけ言って切ろうとしたんだ。公立中はもう春休みだしさ、どっかに出かけるんで例によってカッコつけてるんだろうなって思って、どこ行くのって聞いたんだ。そしたら修道院に入るって。びっくりした。なんでそんな決心をしたのか尋ねたら、これは救済なんだって言うんだ」

思わず真剣になる。和典の知っている若武なら、そんな言葉はまず使わない。救うとか、助けるとか言うだろう。本人が発想しそうもない単語が口からもれるのは、その心の中に本人以外の何かが入りこんでいるからだ。

「訳わかんないよ。それっきり連絡が取れないんだ。スマホを切っちゃってる」

中学生にとって、スマートフォンは生命線だった。普通なら、電源を落とす事などありえない。それがありうるとすれば、普通ではない状態におかれているのだ。

「ヤバいぜ、それ」

和典の懸念に、小塚が力をこめて同意する。

「だろ。で、家電《いえでん》にかけたら、北海道の親戚の家に遊びに行ってるって言われて、今度はその番号に連絡したんだ。そしたら親戚の人が出て、今は出かけてるけど、夜には戻ると思うから折り返しかけさせますって、すごく普通の応対だった。でも一日待っても、かかってこないんだ。で、またかけたんだけど、前の日と同じ事の繰り返し。今は出てるけど、戻ってきたらかけさせますって。どうも夜遅くに帰ってくるみたい。でも親戚の家だし、こっちから遅い時間にかけたら迷惑だろ。だから常識的な時間にかけて、後は待ってるしかなかったんだけど、もう三日も経《た》つのに音沙汰なし」

若武はおそらく親戚の家で、傍目《はため》には変わったところのない毎日を送っているのだろう。修道院入りは本人の密《ひそ》かな決意で、今のところは外に現れていないのに違いなかった。

「でも放っておけないだろ。修道院ってたぶん、一度入ったら出てこられないと思うよ。僕たち、永遠に若武と会えなくなるかもしれないんだ」

嘆くように言うのを聞きながら、なぜ若武は、小塚に電話したのだろうと考える。どうして俺にかけてこないんだ。

日頃、若武とは言い争いが多く、お世辞《せじ》にも和《なご》やかな関係とは言えなかった。気に食わない奴だと思う事もある。だが向こうからもそう思われ、敬遠されているのかと考えると、妙に癪《しゃく》に障《さわ》った。

不快になりながら今度は逆を想像する。自分が小塚にかける時は、どんな時だろう。たぶん完全に心を決めた時だ。それを打ち明け、面と向かってどんな詮索《せんさく》もされたくないと思ったら、相手はやはり小塚しかない。黙って受容してくれそうな雰囲気が、小塚にはあるのだった。

若武が和典と同じように考えて小塚を選んだとしたら、修道院入りの決意は相当固いという事になる。

「上杉、明後日《あさって》から春休みだろ。北海道に行って若武の様子を見てきてくれないかな」

急すぎる上に、理不尽だった。和典は黙りこむ。なんで、いきなり俺なんだ。

「僕は、動けないんだよ」

この休みは、素数に捧《ささ》げる予定にしている。憂鬱な春の日々を、素数の美しい秩序で埋めつくしてしまいたかった。

「飼ってる亀が産卵しそうなんだ。普通より早いから、今後どうなるか予想がつかない。そばから離れられないんだ」

小塚は、延々と亀の様子を説明する。和典は、おまえにとって若武の価値は亀より下かと聞きたくなったが、やめておいた。そんな事を聞くのは、小塚をいじめるようなものだ。和典にしても、若武と素数を並べられたら返事に困る。

「お願いだよ」

誰か別の奴に頼めよと言いたかったが、そんな事を口にするのは、自分の小ささを証明するようなものだった。頼まれたら、四の五の言わずに引き受けるのが男なのだ。

「わかった」

電話を切り、素数に浸りきる素晴らしい春休みを断念する。自分のやりたい事のために、ここで小塚の頼みを断ったり、若武を見捨てたりしたら、ずっと気にかかるだろうし、そんな自分はカッコ悪い。これは貸しだ。若武の精神状態が正常に戻ったら、しっかり返してもらうぞ。スマートフォンの画面を払い、黒木に電話をかける。

春休みに出かけたいと言えば、父なら金を出してくれるだろう。日頃、男には無駄に思えるような体験も必要だと言っているし、懐の深いところがある。だが母にも説明して了解を取っておけと必ず言うに違いなく、それはひどく億劫《おっくう》だった。交通費ぐらいなら貯金で賄《まかな》える。問題は、どのくらいになるか見当もつかない宿泊費だった。

「やぁ上杉」

スマートフォンから艶《あで》やかな声が流れ出る。

「素晴らしき母上とは、その後、どう」

黒木は、和典の家庭状況を知っていた。逆に和典も、黒木の家について知っている。

「変わってねぇよ。そっちは」

わずかな溜め息が耳に忍びこんだ。

「カリブ海のタックスヘイブンに、新しい会社作ってるとこ」

苦い倦怠《けんたい》を、ほんの一瞬、共有する。それだけで気持ちが楽になるのは、諦《あきら》めの中に落ち着く覚悟ができるからだろう。たぶん、これが慰めというものなのだ。

「あのさ、北海道に行かなきゃならなくなったんだ。俺を泊めてくれそうな家か別荘、心当たりあるか」

最悪の場合は、寝袋を担いでいって野宿するしかない。北海道ならキャンプ地や山も多いだろうし、何とかなるだろう。

「上杉先生、道《どう》は広いぜ。都道府県中、最大の八万三千余㎢だ。道の、どこ」

そう言われて初めて、詳細を聞いていない事に気づいた。

「はっきりさせてかけ直す。若武が妙な気を起こしたらしくてさ。いつもながら迷惑な奴だ。じゃな」

切ろうとして耳から離したスマートフォンが、かすかな声を放つ。

「もしかして修道院か」

思わず耳に押し当てた。

「それ、俺が一枚嚙《か》んでるかもしんない」

驚いたが、思いがけない手がかりを見つけた気分だった。

「会って話そうぜ。今、出てこられるか。どこにいんの」

背後で、黒木のかすかな笑い声が聞こえた。

「おまえの後ろ」

2

裏門に向かう欅《けやき》並木の脇にあるベンチに、二人で腰かける。黒い詰襟のホックをはずしながら見上げれば、どの欅も、爪の長い指を思わせる細い枝を空へと伸ばしていた。まるで天を突き刺そうとしているかのようで、この材でフォークか槍《ピック》でも作ったらいいんじゃないかと思う。こんなにも刺そうとする意志にあふれているのだから。

「一週間くらい前かな。若武が電話かけてきて、修道院に入りたいって言うんだ。どこのでも構わないから、紹介してくれって」

黒木は右手で右膝を押さえ、左手で足首を摑《つか》んで左腿《ひだりもも》に載せた。両腕を上げ、頭の後ろで指を組み合わせて背もたれに体を預ける。わずかにベンチが揺れた。

「だけど中学生じゃ、どんな修道院も受け入れてくれないよ。教会法で、そう決まってるはずだ」

ほっとする。つまり小塚が心配しているような事態は、起こらないのだった。北海道まで出かけなくてもすむかもしれない。

「若武にそう言ったら、不満そうだった。いったい何が哀《かな》しくて修道院なんだって聞いたら、一人になって考えたい事があるって言うからさ、じゃ修道院である必要はないと思って、函館《はこだて》の教会を紹介してやったんだ。父がそこの教会堂に礼拝室を持ってる。若武の中学はもう春休みに入ってるから、行けるはずだと思ってさ。父の方は去年の六月、シンガポールに行ったきりだ。あそこは外資の誘致に熱心だし、法人税率も低いから、以前から移住を考えてたみたいだけど、七月に出国税が導入されて、海外に移り住む時には保有株の含み益に所得税がかかるようになったんだ。導入直前に、あわてて出ていったよ。当分帰らないと思うし、万が一帰ってきても使やしない」

和典は広げた左右の脚の上に両肘を載せ、前かがみになって黒木を振り返った。礼拝室を保有するというのは、これまで聞いていた黒木の父親のイメージから遠い。

「おまえの親、そこの信者なのか」

黒木は眉を上げた。

「表向きはね。でも内実は、投機」

それでイメージと合致した。

「若武の奴、納得したんだぜ。函館には親戚がいるからちょうどいいって。それで教会の司祭様に連絡取っておいたんだ。昨日、電話して様子聞いたら、毎日通ってきてて礼拝にも顔を出してるって事だったから、まぁ春休みが終わる頃までには心の整理もついて、帰ってくるものとばかり思ってたんだけどさ。最初の決意が再燃したのかな」

和典は十本の指を髪の中に入れ、搔《か》き上げて頭の上で止める。

「最初の決意って、どこのでも構わないから修道院に入りたいってヤツか。それ、決意と言えんのかよ。いい加減で、しかも漠然としすぎてんじゃん。だいたい何で修道院なんだ。一人になって考えたいって何の事だよ。もし本当に絶望してんなら、修道院でなくて死を選ぶだろ」

軽い笑い声が聞こえた。

「自分が死んだら、人類の損失だって思ってんだよ」

うんざりしながら頷《うなず》く。確かに若武は、日頃、絶望からもっとも遠い所にいた。

「まぁ若武先生の事だから、何方道《どっちみち》、深い根はないよ。修道院入りは、たぶん『三銃士』を読んでいて思いついたんじゃないかな」

唖然《あぜん》とする。教室で日常的に飛び交う叫び、ありえねーを口から漏らすところだった。

「あれは、未《いま》だに若武先生のバイブルなんだ。三銃士の中には、修道院に入るアラミスって銃士がいる。ストイックなイメージだから、家で悩んでるよりカッコいいと思ったんだろ」

カッコよさにこだわる気力があるのなら、それを悩み解決のために使ったらどうだと怒鳴りたい気分で、憤然と息を吐く。

「だがそれだけなら、俺の紹介した教会で充分、事足りたはずだ。どこでどうバージョンアップしたのか、謎だね。修道院の名前、聞いてるか」

和典は首を横に振り、目を伏せた。靴の踵《かかと》で砂交じりの地面をなぞりながら若武の気持ちに思いを馳《は》せる。いったい何を悩んでいたのだろう。自分はどうして、それに気づかなかったのか。

「若武は小塚に、入《はい》ると断言したんだろ。って事は、もう入会が決まってるものと考えた方がいい。さっきも言った通り、本当の修道院なら中学生なんか入《い》れりゃしない。おそらく修道院って名前を掲げる新興宗教に引っかかったんじゃないかな。洗脳されたのかもしれない。どっちにしろ未成年の意思だけで入信させるなんて、かなり怪しげなとこだよ」

危機感を煽《あお》られる思いだった。妙な宗教集団に入ってしまったら、人生がメチャクチャになる。若武を説得し、脱会させなければ。

「やっぱ俺、北海道に行ってくる」

目を覚まさせ、真面《まとも》な中学生の生活に引き戻して友だちの価値を思い知らせてやるつもりだった。

「おまえんちの礼拝室って、寝泊まりオッケイなんだろ。俺に貸してよ。そこを根城にするから」

ベンチを揺らして黒木が身を起こす。

「俺も行くよ。教会を紹介した責任があるし」

そう言いながら自嘲的な笑みを浮かべた。

「小塚は、何でおまえに電話してきたんだろ、俺じゃなくてさ」

こちらに流した目の端に、わずかな嫉妬が滲《にじ》む。和典は、さっき同じ事を考えていた自分を思い出した。何かしゃれた皮肉でも言いたかったが、浮かんでこず、取りあえず突っこんでみる。

「信頼度の問題じゃね」

黒木が手を伸ばし、頭を小突いた。ズボンの後ろポケットでメールの着信音が響く。取り出してみると、小塚だった。

「この間からずっと言い忘れてるから、もうメールにした。裏門に続く道の並木、前に上杉が欅って言ってたけど、正しくは銀杏《いちょう》」

並木に目をやる。

「葉が落ちてると、幹や枝の感じが確かに似てるけど、今に東京都のシンボルマーク形の葉がいっぱい出てくるから、確かめてみてよね」

細かな差異にこだわるのは、オタクだけだ。そう思いながら枝を見ていると、その向こうに広がっていた白木蓮《はくもくれん》の樹の上で薄い緑色の光が動いた。思わず立ち上がり、歩み寄る。十二、三cmほどありそうな白い大きな花弁が解《ほど》けるように開いていくところだった。息もできないほど美しい。

「すげ。花が開くとこ初めて見た」

振り返ると、黒木はベンチに寄りかかり、両腕を横に伸ばして背もたれにかけていた。羽を広げている黒い鳥のように見える。

「よかったな、青少年」

今にも羽ばたいて、どこかに行ってしまいそうだった。黒木と一緒にいると、よくそんな気分になる。どことなく哀しげな感じのする二つの目や、すらりとした姿態が和典に思い出させるのだった、黒木には根がないという事を。

早く出発したいと思いながら、塾の春期講習の振り替えがうまくいかず、動けなかった。じりじりしながら受講時間を遣《や》り繰りする。小塚が毎日、先方の家に連絡を取り、変化がない事を確認してくれていて、それだけが救いだった。自分たちが行くまで待っていてくれと祈るような気持ちで四月を迎える。

3

週末には学校も始まるというギリギリの時期、咲いた桜が散り始める頃になってようやく出発できた。両親に、友だちと旅行に行くと告げ、東京駅から黒木と電車に乗る。北海道新幹線は料金が高すぎて使えず、安い在来線を乗り継ぎながらゴトゴトと移動した。焦《あせ》る気持ちはあったが、乗ってしまえばもう身を任せるしかない。観念して景色に見入っていた。

「この辺、田圃《たんぼ》ばっかだな」

「日本有数の穀倉地帯だろ。おまえ、小学生レベルだね」

肩を並べて座り、隣り合ってホームを歩き、乗り換えてまた座る。二人で旅をするのは初めてだった。窓の外を走り過ぎていく代わり映えしない景色も、自分の見ているものが黒木の心の中にも広がっていると考えると、新鮮で楽しい。

ふと、自分は今までずっと独りだったのかもしれないと思った。家族で旅行をしても、学校で遠足や修学旅行に行っても、同じ景色を誰かと共有する事はなかったのだと、初めてわかった気がした。

沈んでいく太陽が赤みを失い、あたりが墨色に染まって家々に明かりが灯《とも》る。それを見ながら、自分の隣にある黒木の、厚い肩の温《ぬく》もりを感じていた。

深まっていく闇を突き、電車はひたすらに走る。しだいに会話が間遠になり、眠りに落ちた。車体の揺れで目を覚ます。隣で寝ている黒木の頭が傾き、和典の肩に着きそうになっていた。癖のない髪が一筋二筋、目の前で揺れる。蛍光灯の光の中で輝くその艶《つや》やかさに、思わず見とれた。

シャンプー何使ってんだろ。そう思いながら目を凝《こ》らすと、開けた襟《えり》の奥に伸びやかな喉が見えた。まだ尖《とが》っておらず、顎にも髭《ひげ》はない。つい自分の頰をなでた。

三学期に入ってクラスの話題は、もっぱら髭だった。たった一ミリでも、たった一本でも生えてきた生徒は、得意げにひけらかす。皆が崇《あが》めるようにそれを見た。金髪のクラスメートの髭は金色で目立たず、よく見ないと見えない。じいっと観察していた生徒が、やがて言った。

「黴《かび》みたいだ」

それが癪《しゃく》に障《さわ》ったらしく、そいつが言い返す。

「俺はアングロサクソンだ。今にすげぇモジャモジャに生えるぞ」

その様子を想像した和典が、つい口走ったのだった。

「その金色のがモジャモジャになったら、サンタクロースじゃん」

爆発するような笑いの中で取っ組み合いの喧嘩《けんか》が始まり、飛んできた担任に反省文を書かされた。思い出して声を殺して笑っていると、隣で黒木が目を開けた。

「何」

和典は、髭に憧れていない。むしろ、いらないと思っていた。髭の生えている上級生たちとよく更衣室で会うが、たいてい体毛も濃く、体臭もあって獣のようだった。男には成りたい。だが獣は嫌だ。そう考えながら逆らえない力に引きずられて結局は獣になっていくんだろうと思うと、やり切れない気がした。

「俺たちって、やっぱり獣じみてくのかな」

新年に行われた同級会を思う。小学校当時はまったく垢抜《あかぬ》けなかった女子の多くが、見違えるようにかわいくなっていた。まぶしく思えるほどだった。

「女は、どんどんきれいになってくのに」

黒木は、まるでなってないといったように首を横に振る。

「おまえ、男として生きる覚悟が足りないね」

そう言いながら親指で、自分の胸の中央を指した。

「俺たち男は、ここに猛獣を飼ってんだ」

指の先で三度、胸を突く。その様子はもどかしそうで、忌々《いまいま》しそうで、苛立《いらだ》っているようにも見えた。

「今はまだ幼くて、吼《ほ》えない。中学時代に吼えるようになる奴は、昔は五割と言われていた。最近の調査では、ほぼ三割だ。だが高校になれば間違いなく、四六時中吼え立てるようになる。故事によれば、悟りを開いた仙人でさえ雲から転げ落ちるほどのすげぇ吼え方なんだ。世界中の宗教から目の敵にされるほどの猛獣で、それを飼いならせず、人生に躓《つまず》く男がかなりの割合でいる。犯罪に手を染めたり、スキャンダルの渦に落ちたりだ。自己コントロール、それが必要。だが難しい。外見の事なんかより、人生を誤らないように自分を鍛えるのが先決だ。女には、そういう悩みがないから気楽に咲き誇っていられるのさ」

よく知ってるなと思いながら聞いてみる。

「おまえの、もう吼えてんの」

黒木は、やるせなさそうな息をついた。

「俺は、三割の内だ」

目の前で、黒木が大きな黒い翼を広げたような気がした。その強い羽ばたきが、和典の胸を打つ。ついさっきまで肩を並べていたのに、急に飛び去られ、置き去りにされてまた独りに戻った気分だった。自分を小さく感じながら春の憂鬱《ゆううつ》の中に沈みこむ。

第1章　ヤバい

1

函館《はこだて》駅を一歩出ると、あたりはまだ冬だった。鋭い風が頬をなでていく。道路に下りる階段に足をかけながら和典は首をすくめた。

「寒っ」

空気は、痛いほど澄んでいる。それが寒さを倍加させていた。春の柔らかな色に染まっていた関東を離れた事を、心密《ひそ》かに後悔する。

「取りあえず若武の親戚を訪ねよう。昨日、若武んちに電話して聞いといたから」

黒木がスマートフォンに入力してあった住所から、場所を検索した。その指示通りに、南に向かう市電に乗る。車内は空いていたが、和典が所属するサッカー部の方針では、三時間以内の移動の場合、乗り物の中で座らない事になっていた。隣り合って吊《つ》り革《かわ》に摑《つか》まり、ガラス窓の向こうに広がる街並みに見入る。

「観光客の姿、少ないね」

黒木に言われて、和典は下唇を突き出した。当たり前だろうと思いながら、こいつさえこんなところを紹介しなければと、いささか恨めしい気持ちになる。

「四月二週目の北海道だぜ。長崎あたりの教会でも紹介してやれば、俺たちだって少しは暖かったのに」

黒木は鼻で笑い、我関せずの構えを取った。

「そいつは俺の父に言ってよ、何で長崎の教会に投機しなかったんだって」

市電は目抜き通りらしい広い道路を走り、市役所前と書かれた停留場の前で停《と》まる。開いたドアから冷ややかな空気が流れこみ、一人の客が乗りこんできた。

色の白い、首のほっそりした女性だった。年の頃は三十代前半で、地味な服装をし、緑のロッド模様の包装紙に包んだ大きな荷物を抱えている。特別美人という訳ではなかったが、清楚《せいそ》で凛《りん》とした空気を身にまとっていた。その透明感と静けさに、和典は目を引かれる。

どんな暮らしをしているのだろう。どういう家に住み、何が好きで、毎日何をして過ごしているのだろうか。女性はステップを上がり、座っている客の間を通って車内の前方に移動していく。電車の揺れを受けて足元がふらつき、思わず手を貸してやりたくなった。黒木が両手で一本の吊り革にぶら下がったまま、肩を寄せてきてささやく。

「あの荷物、持ってやったら、どう」

そんな自分を想像し、和典は横目で黒木をにらんだ。

「ここは欧米文化圏じゃない。持去り詐欺だと思われるのが、オチだ」

黒木はクスッと笑い、吊り革を放して女性の方に歩いていく。

「マダァム」

声をかけ、フランス語で先を続けた。和典は呆気《あっけ》に取られながら考える。函館で、日本人相手になぜ日本語じゃないんだ、通じんだろ。おまけにマダムってなんだ。既婚じゃないかもしれないし、マドモアゼルの方が無難だろ。女は、若いと言われるのが好きなんだし。

あれこれ思いながら見ていると、やがてその女性が、フランス語で返事をした。信じられない事だったが、どうやら通じたらしい。黒木は得意げな目をこちらに向け、人差し指で、来いと合図を送ってきた。

和典は横を向き、無視を決めこむ。軟派みたいな真似《まね》ができるものかと思いながら、他人の振りをし続けた。やがて黒木が戻ってきて親指でドアの外を指す。

「次、十字街だ。降りるぜ」

市電が停まる。黒木はステップを下りた後、車体に沿って女性が座っている窓辺まで歩き、ガラス窓をコツコツと叩《たた》いて微笑《ほほえ》みを投げた。女性も微笑して口を開く。

「アデュウ」

黒木は首を横に振り、押し返すように言った。

「オルボワ」

女性は笑い出し、窓の向こうで手を振りながら遠くなっていく。電車が見えなくなると、黒木はまだ微笑みを残した顔で左手に見える坂の方に歩き出した。時間を測るためにスマートフォンをセットし、追いかけて隣に並ぶ。

「説明、ありだよな」

無視したのは自分だったが、どうにも面白くない。二人が妙に親しくなったのも、何だか気に入らなかった。

「不貞《フテ》んなよ」

黒木は腕を伸ばし、和典の肩を抱き寄せる。

「小さな親切をする時は、日本語以外で話しかけた方がいい。周りの人間に知られずにすむから、断られても恥ずかしくないし、相手も自由に返事ができる。用件は、身振りで充分伝わるしね。俺は、いつもそうだよ。でもあの人、意外にもフランス語が堪能《たんのう》だった。トゥールーズに行ってた事があるんだって。包みの中味はカンバスで、軽いから心配しなくていいって言われた。最後にさよならって言ってたんだけど、あの人が言ったのは永遠のさよならだったから、俺が一時的なさよならに言い換えたわけ。もう一度会いたいと思ってさ」

黒木は、幼少期をフランスで過ごしている。世界を経験すると、細部に違いが出るのだろう。

次は自分もやってみようかと考えながら和典は機嫌を直す。英語なら、何とかいけそうだった。

「マダムって、どこでわかったんだ」

黒木は何でもないといったように眉を上げる。

「わかってないよ。でも女性に呼びかけるんだったら、マダムが一番格上だからさ。マドモアゼルなんて言ったら、結婚もできない小娘扱いをした事になる。女の若さに価値を認めてるのは、日本のオヤジだけだ」

そういうものかと思いながら爪先上がりの坂を上った。道路の勾配の感じが、どことなく懐かしい。記憶の中を探りながら、神戸の北野町あたりを思い出した。神戸ほど観光地化しておらず、道路の両側には普通の家々が立ち並んでいるものの、道の広さや坂の感じがよく似ている。

黒木が足を止め、今来た方向を振り返った。

「見ろよ、海だ」

坂の下に港が広がり、正午の陽射《ひざ》しを浴びて波頭が光っている。揺れる波間に鴎《かもめ》が群れて飛ぶ様子も、北野の風情に似ていた。和典は片目を細める。

北野には母の実家があった。溢《あふ》れ出す様々な思い出が胸の中で絡《から》まり合い、苦しいほど突き上げてきて口から零《こぼ》れる。

「おまえさ、母親からこう言われた事あるか」

黒木がこちらを向く。長い前髪の影を宿した瞳が、青く光って見えた。

「小学校の頃、俺、体弱くて、よく熱出して学校休んでたんだ。そのたびに母親が俺のベッドのそばに来て、こう言った。あなたは何で体が弱いの。お友達は皆、健康なのに。あなたみたいな弱い子供を持った私がかわいそう」

その言葉を、その通りに受け止めてきた。自分のせいで、母はかわいそうなのだと。自分は、母を不幸にしているのだと。

「失敗をするたびに、あなたがそんなふうだから私は辛い思いばかりしている、どうしてそんな子なの、私がかわいそうって」

長い間、自分を責め続けてきた。それがそうではなく、よく熱を出すのは母の支配によるストレスが原因だと知った時、母がすべての責任を自分に負わせていたのだとわかった時の怒りは、今も忘れない。じりじりと体の奥を炙《あぶ》り、その熱さで火を噴き出して自分自身を焼きつくさんばかりだった。

「母性を持たない女は、ただのクソババアだ。親は、友人や恋人とは違う。どちらかが死ぬまで縁が切れないんだ。それ考えると、俺、生きていくのが嫌になる。自分が死ぬか、いっそあいつを殺してみようかって気に、ならないでもない」

どういう答が返ってくるだろう。そう思っていると、黒木の声が軽く耳に触れた。

「そいつは、やめとけよ」

和典は、肩に力を入れて黒木に向き直る。ほんの思い出話のつもりで始めたのに、本気にならずにいられなかった。それだけ真剣なのかもしれないし、足掻《あが》いているのかもしれない。

「俺は、あいつに、ずっと殺されてきたんだぜ。生まれた時から、本当の事に気づく十二歳まで毎日、繰り返し殺されてきたんだ」

黒木は、払い落とすように笑った。

「ハムラビ法典かよ。自分がされたからって、仕返していいって事、ないだろ。憎悪する相手のために、自分の人生を傷付けるのは愚かしい行為だ」

正論過ぎて反撃できない。忌々《いまいま》しく思いながら目をそらせた。

「それにおまえの怒りは、自分を誤魔化してる煙幕みたいなものだ。それは、本当は怒りなんかじゃなくて、ただの傷なんだ」

耳から入った言葉が、冷たい水のように胸の中を流れ落ちる。そこに溜《た》まっていたものを洗い落とし、勢いよく下っていった。

「傷の痛みを抱えている弱々しい自分を認めたくないだけだろ。だから怒りという煙幕を張って真実を隠してるんだ」

今までずっと怒りだとばかり思ってきた。改めて自分に問《と》い質《ただ》す。これは怒りではないのか、傷なのか。

「どれほどマイナスの親でも、いるだけでいいって俺は思うよ」

黒木は港を振り返り、その眼差《まなざし》を海の向こうに投げながら後退《あとずさ》りするように坂を上る。

「親がいれば、それが自分の根になる。よくも悪くも基本にして、そこから自分を考える事ができる」

黒木はアメリカの病院で、第三者の精子と卵子、そして代理母によって生まれた。今、蓄財に夢中になっているのは戸籍上の父親で、血縁関係はない。実際に血の繋《つな》がりのある父と母、そして代理母については、国籍も名前も顔も、一生知らされない事になっていた。

「親を摑《つか》めないっていうのは、自分が宇宙に流れ出て漂ってる感じなんだ」

海を映す二つの目の中で波が揺れ、光を跳《は》ね返す。その下に潜んでいるいくつもの闇が透《す》けて見えてきそうだった。

「自分という個体が、宇宙の広さにまで拡散していくのを止められない」

和典は、応じる言葉を見つけられなかった。黒木の気持ちをうまく理解できず、共有できない。もし母親といい関係にあれば、それを持たない黒木の不幸をきっとわかる事ができただろう。そう考えると、自分の思考の中にまで深々と影を落としている母の存在が、耐え難《がた》いほど重かった。ただ無言で足を運びながら、自分と黒木の背負っている荷の大きさを比べてみる。どちらが過重なのだろう。数学というシェルターを作る事ができた自分に比べ、それさえできない黒木の虚《うつ》ろさの方が深刻かもしれなかった。

「ここだ」

スマートフォンに浮かんだ住宅地図を見ながら黒木が一軒の家の前で足を止める。櫟《いちい》の生け垣を巡《めぐ》らせ、門柱にファイアンス陶器をあしらったかなり目立つ家だった。和典はスマートフォンのタイマーを止め、かかった時間を確認する。

「いつも時間、測ってるね」

黒木に言われて手早く画面を閉じ、ズボンの後ろポケットに突っこんだ。

「癖」

数字が好きだった。整然としていて、常に静かで美しい。

「癖って言えば」

ドアフォンを押しながら黒木が苦笑した。

「ここって絶対、若武の父親系だぜ」

派手な門柱に目をやって和典も同意する。以前に若武の父親の書斎に入った事があった。大学時代のフットボール仲間と一緒に写した写真が飾ってあり、一同の中で一番派手なポーズを決めているのが本人だった。若武の目立ちたい願望は、父方の血のなせる業なのだろう。目の前の門柱にも、その片鱗《へんりん》が感じられる。

ドアフォンの向こうで女性の声がした。すかさず黒木が名乗り、若武の友達だと告げる。小塚の友人である事も付け加えた。女性はドアフォンを切り、しばらくして玄関から姿を見せる。小走りに庭を突っ切って近づいてきた。

「ああ、ちょっとの差だったねぇ」

和典は、黒木と顔を見合わせる。

「臣《おみ》ちゃんは、さっき出かけてしまって。支笏湖《しこつこ》の方に行くとかで、寝袋持ってねぇ。三、四日帰らないって」

黒木が突っこむような声を上げた。

「連絡、取れますか」

女性は眉根を寄せる。

「それがね、さっき部屋に入ってみたら携帯電話、今はスマホっていうんですか、それが置きっぱなしになってたのよね。忘れてったらしくて。慌《あわ》てんぼさんだからねぇ」

いくら急いでいたとしても、出かけるというのにスマートフォンを忘れる事などありえない。部屋に置いてあったとなれば、それは故意に置いていったのだ。若武は、連絡を絶つつもりでいる。

「そのスマホ、見せてもらえませんか」

中を見れば、何かしらわかるに違いない。

「急いで連絡を取りたいんです」

女性は、躊躇《ためら》いを浮かべた。

「臣ちゃんの物だから、本人に聞いてみないと、ねぇ」

次第に警戒の色を濃くし、咎《とが》めるような表情になっていく。

「小塚さんという子から毎日のように電話があって、それはちゃんと臣ちゃんに伝えてあります。小塚さんからは、返事がこないと言われたけど、それが臣ちゃんの意思なんでしょう。返事をしないという返事だったんじゃないのかしら」

2

「何《なん》か、超ヤベぇ気すんのは、俺だけか」

海に向かって下っている道を歩きながらつぶやく。できれば親戚の女性の言葉通り、支笏湖への旅であってほしかった。

「おまえさぁ、若武が本当に支笏湖行ったと思うか。で、三、四日で戻ってくるって」

黒木は、即座に首を横に振る。癖のない髪が乱れ、頬に一筋、纏《まつ》わった。

「理由その一、若武が選ぶにしては、支笏湖は地味すぎる。あいつは派手なのが好きだ。理由その二、若武が組むスケジュールにしては、函館・支笏湖間で三、四泊は緩《ユル》すぎる。あいつは猛烈に速いのが好きだ」

よく見ているなと和典は思う。この分析力を数学に向ければ、さぞ高得点を叩《たた》き出せるだろう。きっと強力なライバルになる。ところが黒木は成績を上げる事にまるで興味がなく、そこそこの勉強しかしないのだった。自分を向上させる意欲を持っていない。それは黒木が自分自身を軽視しているからだった。いつか、こう言った事がある、俺には根がない、だから踏ん張れないんだ。

「理由その三、旅ならスマホは必需品だ。それを置いていったのは、使わない、あるいは使えない場所に行くからだ。スマホ禁止の新興宗教の施設に入ったのかもしれない、以上」

旅とカモフラージュしての新興宗教入りか。その教団の名前も場所も、和典は知らなかった。連絡手段もなく、どうすればいいのかまったくわからない。

「手がかり、皆無《ゼロ》だ」

若武に、二度と会えないような気さえする。こんなふうになるとは思ってもみず、好き勝手な事を言い合って角突き合わせていた日々が思い出された。あと一日、早く来ていたらと悔《く》やむ。自分を責めながら、溜《た》め息とともに口から言葉をこぼした。

「連絡も取れねーし、動きようもねぇじゃん」

黒木が、放り出すように腕を解く。

「教会に行ってみよう。蛇の道は蛇だ。司祭様に、このあたりの新興教団について聞いてみれば、何かわかるかもしれない。若武が出発前に教会に立ち寄ってる可能性もあるし、もしかしてまだ滞在しているって事も、無《な》きにしも非《あら》ずだ」

足を速める黒木に続く。その教会で若武の消息が摑《つか》めるか、あるいはそこに本人がいるか、どちらかであってほしいと願った。

坂の下に左右に広がる市電通りまで出て、道沿いに歩く。右手には港と埠頭《ふとう》が見え、左手にはロープウェイのワイヤーを光らせた山が聳《そび》える。そこに向かういくつもの坂を眺めながら通り過ぎ、町が途切れるあたりにあった京坂通りを上った。疎《まば》らになった住宅の間に、やがて教会堂が見える。白いコンクリート造りで、東向きの壁に大きな十字架が掲げられていた。門柱には、京坂教会と書かれた標札が下がっている。

「司祭様、いるかな」

黒木が低いフェンスの出入り口を開ける。教会堂の壁に沿って続くヒマラヤ杉の道を通り、裏手にある家に向かった。途中に若い桜の木が植えられていて、黒木が目を留《と》める。

「日本の教会や修道院には、桜って結構多いよな。トラピストにも、確か桜並木があった。何でかわかるか」

和典は首を横に振る。

「サクラって語呂が、キリスト教が大事にしているサクラメントに通じるからさ」

嘘臭《うそくさ》いと思いながら目を向けると、黒木は悪戯《いたずら》っぽい笑みを浮かべた。

「BY　俺流」

脇の方から、庭木の手入れをする鋏《はさみ》の音が聞こえてくる。

「あれ、鐘突き男がやってるんだ。これは本当」

聞き慣れない名詞だった。

「何だ、鐘突き男って」

黒木は眉を上げる。

「鐘を突く仕事に従事してる教会関係者。教会では、鐘は神聖なものなんだ。鐘のために代父母を決めて洗礼式をやり、名前も付ける。今は機械で突く教会が多いけど、ここは司祭と一緒に鐘突き男が赴任してきてる。器用な人で、料理や掃除もやるみたいだよ」

玄関ドアにかけられたカウベルを鳴らすと、家の奥からしゃがれた声が上がった。黒木が名前を名乗る。間もなくドアが開いた。

現れたのは、ラテン系の顔立ちをした背の低い司祭だった。年齢が想像できないほど年老いていて、枯れ木のように見える。司祭服《スータン》の襟元からわずかにローマンカラーをのぞかせている他は、全身真っ黒だった。黒木と握手を交わし、フランス語でやり取りする。

和典が退屈しながら見ていると、話の途中で着信音が鳴り、司祭が服のポケットからスマートフォンを出した。古色蒼然《こしょくそうぜん》とした老人がスマートフォンで話す様子はシュールで面白かったが、若武がここに宿泊する気なら、スマートフォンを持ってきても問題はなかったという事になる。若武の目的地はここではないのだ。

話を終えた司祭は、いったん家の中に戻っていき、鍵を持って出てきて黒木に渡す。金色のクラシカルなデザインで、教会名と礼拝室の番号が刻まれていた。黒木は礼を言い、司祭と抱き合ってから和典に目を移す。

「若武は、今日は来てないって。取りあえず合鍵をもらった。ここに泊まる許可も取り付けといた。司祭様の家のシャワーブースを使っていいってさ。信者用だから勝手口から出入り自由だって。行こう」

二人で教会堂に向かう。ヒマラヤ杉に囲まれた小道を歩きながら、黒木は手にしていた鍵を指の間で器用に回転させた。

「昨日まで姿を見せていたらしい。鍵を持ったままだから、また来るだろうって言ってる」

司祭は、若武の決意を知らないのだった。司祭だけではない。親も親戚も、まだ何も知らない。和典たちだけが真実の近くにいた。その重さに緊張する。

正しい道は、どれだろう。親や親戚に話し、警察に行方不明者届を出す事か。いや、若武の意思を確認するのが先だろう。小塚から聞いた救済などという曖昧《あいまい》な言葉では、何もわからない。若武が別れの挨拶をしてきたのは、和典たちを仲間だと認めているからだ。仲間なら、納得できる説明を求める権利があるだろう。若武と会い、本心を確かめるのだ。

盛りを過ぎた午後の陽射しが鍵に当たる。光は瞬時に虹のような単色に分かれ、その欠片《かけら》を当たりに飛び散らせた。黒木の瞳にも、たくさんの色が映る。

「司祭様の話じゃ、修道院はどの会派も教会法に則《のっと》って運営されているから、中学生は受け入れてないって。若武が入ろうとしているのは、修道院を名乗る新興宗教に間違いない。北海道にも多いらしいよ」

教会堂の南側に袖廊《しゅうろう》の出入り口があった。その前に設《しつら》えられている二、三段の階段を上り、黒木がドアを開ける。中から冷ややかな静寂が流れ出してきた。

和典は二年前の事を思い出す。宗教というものに最初に幻滅したあの体験も、確か春だった。

「昭和二十六年頃、日本中で新興宗教が盛んになって、道内でも十を超える教団が創設されたらしい。信者数は四万を超えたって話だ。その中で現在も活動している教団については、ある程度の事はわかるが、全貌を把握している訳ではないって。まぁ宗教会同士だから、微妙な関係にあるんだろうな」

黒木の後に続いて教会堂の中に踏みこむ。身廊と袖廊の交差部を横切り、側廊を西に向かった。石の床に靴の音が響く。音は天井に上がり、リブやボールトにぶつかってステンドグラスを揺すり、再び降りてきた。その間に祭壇や聖像に触れて敬虔《けいけん》さを帯び、蕭《しめ》やかに耳に忍びこむのだった。

天に向かって伸びる薄暗い空間は、深閑としている。研ぎ澄まされた静けさは肌に冷たく、胸に痛かった。若武はこの中に、いったい何を求めたのだろう。

「ここだ」

立ち止まったのは、北側の側廊に面した一枚の扉の前だった。錬鉄の柵のような扉で、その向こうに広がる十二、三畳ほどの礼拝室がすっかり見えている。窓にステンドグラスが嵌《はま》っているだけの簡素な空間だった。何も置かれていない。

「テナントスペースみたいだな。祭壇とか、何でないの」

鍵を開ける音を響かせながら黒木がこちらを振り返る。

「内装や設置は、持ち主が自由にやるんだ。逆に言えば、教会側は何もしないって事。中世の頃から、そういうものらしい。入れよ」

中に踏みこむ。黒木が扉を閉めると、その横顔に縞《しま》模様のように柵の影が落ちた。錬鉄の間からは、教会堂内が見渡せる。檻《おり》に入った動物の気分で、思わず考えた。ここは教会なのだから、動物といったら羊で決まりだ。神の虜《とりこ》になり、教義という檻に入れられて、命令なしでは何もできないほどスポイルされる。救済者がいるとしたら、その名前はきっとニーチェだな。

「珍しく神妙な顔付きだね。さすがの上杉先生も、聖域内じゃ少しは恭《うやうや》しい気持ちになるのかな」

和典は、胸に残る思い出を口から放り出す。

「俺、昔、カトリック教会に通ってた事があった。毎日が息苦しくてたまらなくて、それがクソババアの支配のせいだって気づかずに、日常からかけ離れた事ばかり考えてたんだ。世界平和とか、あらゆる人間の平等化とかさ。で、人類のために自分を捧《ささ》げたくなって教会に通った。一ヵ月くらい経《た》った時、礼拝の後でスペイン人の司祭がそばに寄ってきて、片言の日本語で聞いたんだ、何か願い事があるんですかって。俺、緊張してさ、色々と考えたよ。全世界の病気の根絶とか、貧しさの追放とか。あんまりたくさん考え過ぎて選べずにいたら、司祭が言ったんだ。成績を上げたいですか、家族に病人がいるんですか。その時の俺のショックって、わかるか。ひと言でいうと、小さっ、そんな感じ。それで通うのをやめた。その後テキサス大の理論物理学者が、キリスト教は科学の発展を妨げてきたって言ってるのを聞いて、ますます無神論者になった」

黒木が笑い出しながら腕を伸ばし、肩を小突く。

「そりゃめぐり合わせが悪かったね。そんなケースばっかじゃないと思うけど」

その目にゆっくりと物憂い影が浮かび上がり、霧のように広がっていった。

「もっとも俺は、部外者だからな。キリスト教では、人間は神の創造物だけど、俺はその人間の創造物だ。たぶん原罪そのものを持ってない。俺の存在は、キリスト教では位置づけられないよ。それどころか生存を否定されるに決まってる。他の宗教でも、きっとだめだ」

肩にかかったままの黒木の手に、和典は自分の手を重ねる。

「逆に考えれば、地上のあらゆる宗教から解放されてるって事だろ。それ、幸いだぜ、きっと」

慰撫《いぶ》するつもりだったのだが、気持ちが伝わったかどうか自信がなく、重ねた手だけが妙に暑苦しくて、あわてて下ろした。家庭の事情をこれだけわかっていても、その気持ちに寄り添う事は難しい。ましてや何も言わずに姿を消した若武の心は、皆目つかめなかった。

「若武の奴、ここで何、考えてたんだろう」

溜め息交じりにつぶやくと、黒木はふっと表情を止めた。

「膝の事、じゃないかな」

若武は、しばらく前に膝の十字靱帯《じんたい》を切り、サッカー部のレギュラーを外《はず》されて補欠チームに降格になっていた。それでも充分元気でやっているように見えたのだが、本当は違っていたのだろうか。

「誰でも、自尊心に支えられた自分像って持ってるものだろ。これが自分だと信じてるイメージさ。それなのに現実の自分がそこから次第にずれてくると、どうしていいのかわからなくなるじゃないか」

声には、やるせない響きがあった。きっと経験があるのだろう。和典も、目の疾病で数字が判読しにくくなり、塾のテストで数学の首位から転落した時には、こんなのは自分ではないと思った。人生を捨てようとまで考えなかったのは、手術に希望を見出《みいだ》したからだ。その体験から推し量れば、若武の膝は、こういう所まできて一人で考えなければならないほど深刻で、本人にとっては希望がない状態なのだろう。

「考えこんでいるところに新興宗教が接近、あの手この手で入信させるって流れはアリだろ。マインドコントロールとかさ」

うんざりするほどありそうなパターンだった。

「それ、思いっきり詐欺だよな。誑《たぶら》かされたって事じゃん」

黒木が放り出すようにボストンバッグを床に置き、その上に腰を下ろす。

「若武って感情に走りやすいし、いい奴だからな」

脚を組みながらこちらを見上げた。

「騙《だま》すのは簡単だよ。俺にだって、たぶんできる」

赤いステンドグラスから射《さ》しこむ光が壁から床を染め、黒木を包んで燃え上がるように揺れる。

「ま、とにかく若武を捜そう」

その目の中にも、赤い炎が映っていた。

「このあたりをテリトリーにしてる新興宗教を当たってみようぜ。リストがほしいな。住所付きの奴があれば、ベストだ」

和典もバックパックを下ろし、黒木の前に蹲《しゃが》みこむ。

「司祭様に聞いてみろよ。ある程度の事はわかるって言ってたんだろ」

その声に重ねるように袖廊の出入り口が開き、司祭が姿を見せた。興奮した様子で何やら言いながら近づいてくる。手には鍵を握っていた。黒木が弾《はじ》かれるように身を起こす。

「この礼拝室の鍵が戻ってきたって言ってる」

それは、若武が持っていたのではなかったか。黒木が扉に飛びつき、開けながら立て続けに叫ぶ。司祭の答を聞いて、こちらを振り返った。

「さっき女が、本人から頼まれたと言って返しに来て、庭にいた鐘突き男に預けていったらしい。まだ近くにいるかもしれない。追おう。服装は、黒い帽子に白い靴、白いショルダーバッグだ」

3

黒木と前後して教会堂を飛び出し、途中の二道で左右に分かれる。その女を捕まえれば、若武の居所がわかるに違いないという思いと、ここで逃したら、もうまったく手がかりがなくなるという気持ちが入り混じり、夢中だった。

しかし、どこまで走っても見つからない。道も枝分かれしていき、一人では追いようもなかった。黒木が見つけているかもしれない。そう考えて引き返しかけた時、道路の向こう側にあるスーパーの自動ドアから、一人の女性が姿を現した。駐輪場の脇を通りながらキャペリン帽を出して被《かぶ》り、道路に出てくる。肩に白いショルダーバッグをかけ、白い靴を履《は》いていた。だが帽子は黒でなく、赤である。

惜しいなとつぶやく。教会に鍵を届けた後、ちょっと買い物をして今出てきたと考えれば、時間的にも場所的にも合致していた。ただ帽子の色が決定的に違う。赤と黒はかけ離れ過ぎているし、帽子を二つ持っていて被り替えたというのも考えにくい事だった。別人なのだろう。

和典は女性から目を離す。直後に思い直した。バッグと靴の色、性別、時間、それら四点が当てはまるような別人が、偶然にもこの場所に居合わせたという事か。いや数量的に考えれば、四点の一致と一点の相違では、四点の方に分がある。ここは帽子の色の不一致については、何らかのトリックだと判断した方がいいのではないか。近寄って、鍵について聞いてみようか。

だが証拠はなく、恍《とぼ》けられればそれまでだった。それよりは後をつけ、居所を突きとめておいた方がいいかもしれない。そうすれば、今後どう動くにしても融通がきく。そう思ったとたん、女性がこちらを振り返った。帽子の庇《ひさし》に隠れていた顔が露《あらわ》になり、和典は息を呑《の》む。来る時の市電で出会った、あの女性だった。

大通りを横断し、女性は市電の停留場に向かう。鼓動を高くしながら和典は、あの時、黒木のそばに寄らなくてよかったと思った。顔を知られていない。

停留場には、十人ほどの客が列を作っていた。女性の後ろに二、三人が並ぶのを見てから近寄り、最後の客の後ろにつく。あの女性が、本当に若武が持っていた鍵を返しにきたのか。若武が渡したのか、それとも盗《と》ったのか。その若武は今、どこにどうしているのか。それらを知っているのかもしれない女性を、客の肩越しに見つめる。

柔らかな後れ毛の纏《まつ》わる細い首が、まぶしいほど白かった。初めて会った時に感じた清らかで凛《りん》とした雰囲気は、今も変わっていない。他人から何かを奪ったり、未成年を誑《たぶら》かしたりするような人間には到底《とうてい》見えなかった。やはり鍵を持ってきた女性とは別人なのかもしれない。

レールを揺らし、車体を軋《きし》ませて市電が到着する。和典は客に交じって乗りこみ、女性の動きをよく見られる位置に移動した。電車が動き始める。いかにも市電らしく、停留場と停留場の間隔はごく短かった。和典は女性の気配をうかがい、もし降りるようなら即、後を追えるように身構える。

いくつかの停留場を過ぎ、乗客は次第に少なくなっていった。次は終点という所まで来ると、車内に残っているのは、もう十人ほどとなる。バックパックを背負いガイド本を持っている観光客がほとんどで、スーパーの袋を持った女性の姿はむしろ目立った。和典は、身一つの自分もそうかもしれないと感じ、ズボンの後ろポケットに突っこんであったスマートフォンを出す。観光スポットを検索する観光客を装った。

終点の谷地《やち》頭《がしら》の周辺には、立待岬《たちまちみさき》や函館八幡宮《はちまんぐう》、幕末の箱館戦争《はこだてせんそう》の死者を慰霊した碧血碑《へっけつひ》などがある。不審に思われた時の言い訳に使うために、急いで概要を覚えた。

音を立てて市電が停《と》まり、終点のアナウンスが流れる。女性は立ち上がり、近くの出口から降りていった。和典も腰を上げ、他の客とともに電車から出る。

あたりには、住宅と畑が入り交じった長閑《のどか》な景色が広がっていた。バックパックの観光客は皆、函館山入り口と書かれた標識の方に向かう。目を上げれば、右手後方に三百mほどの山が見えた。常緑樹が多いらしく、緑に覆われている。

女性は道を真《ま》っ直《す》ぐに進み、やがて左に曲がった。角から三軒目の家の前で立ち止まる。左右を空き地に囲まれていて門がなく、アルミサッシの玄関が直接、道に面していた。二重の引き戸を開けて中に入っていく。

戸が閉まるのを見てそばに寄り、表札を仰いだ。松井と書かれている。ここが住まいなのか。

そう思ったとたん戸が再び開き、女性が姿を見せた。あわてて飛び退《の》き、隣の空き地の木陰に身をひそめる。

「いっも、ごめんね」

女性の後ろから足を引きずった老女が姿を見せた。

「おかげ様で助かってんだわ。親切にしてもらって、ありがとね」

女性は微笑《ほほえ》んでお辞儀をし、歩き出す。さっきまで持っていたスーパーの袋は、手になかった。最初に会った時も、確か荷物を持っていた。配達の仕事でもしているのだろうか。いや老女の言葉から考えれば、宅配ボランティアか。あれこれと考えながらついていく。

女性はかなりの距離を歩き、前方にかすかに光る海が見え始めたところで右手に折れた。蛇行した坂を上っていく。位置としては、先ほど見えた山の南側だった。和典は距離を開け、片手に持ったスマートフォンをのぞきこんでいる振りをしながら後をつける。

上るにつれて坂の両側には、杉や松類が目立つようになった。時おり鳥が、鋭い声を残して頭上を横切る。ここに小塚がいたなら、正確な名前を教えてくれただろう。残念に思いながら振り向けば、見渡す限り一面に海が開けていた。赤らんだ太陽が、波間に金色の影を落として西へと移動していく。

壮大な美しさに目を奪われ、我に返った時には、視界から女性の姿が消えていた。あわてて坂を駆《か》け上る。左手の高い塀の上に尖塔《せんとう》が見え始め、青いエナメル瓦の屋根が現れてくるのを見ながら道の角を曲がった。直後、そこに立っていた女性にぶつかりそうになる。息も止まる思いで立ちすくんだ。

「こちらには、観光できるものは何もありませんよ」

真正面から顔を見るのは、それが二度目だった。涼しげな顔立ちで、清潔《せいそ》な感じのする目にからかうような笑みを浮かべている。後を付けてきた事を咎《とが》めている訳ではないらしかった。和典は詰めていた息を吐き出す。

「碧血碑ならもっと北東、立待岬ならもっと南東の海沿いです」

声は澄んでいて響きが美しく、耳に快かった。

「あそこに」

尖塔を指差す。

「歴史的建造物がありそうだったんで、上ってきてみたんです」

女性は笑みを広げた。優しさが滲《にじ》み出し、光のようにその顔を照らす。

「明治の建築ですが観光用ではありません。私の所属する修道院です」

修道女なのだ。思ってもみなかったが、何の装飾もない簡素な服装や、人目を引くほど清楚な雰囲気を考えれば、納得がいった。

「シスターだったんですか。全然わかりませんでした。修道服着てないし、外歩いてるし」

よく言われる事だったらしく、女性は慣れた様子で答える。

「修道会服は、修道会の会則によって決められているのです。私が属する修道会では、全員が平服ですよ。院から外に出られるかどうかは、身分によって決まります。私は奉仕活動として、体の不自由な方々のために買い物をしているので」

市電に乗りこんできた時の荷物や、先のスーパーでの買い物は、それだったらしい。

「修道院をご覧になりたいのなら、どうぞいらっしゃい」

女性の後に続いて坂を上り切り、建物の正面に出る。門柱には、「聖なる光修道院」と書かれた標札が下がっていた。その向こうに尖塔のついた青いエナメル瓦の屋根と石灰岩の壁を持つ大きな建物が見える。修道院は、確か男女別のはずだった。修道院名からははっきりしないが、この女性が入っているのなら、女子修道院なのだろう。

「おわかりになったら、お帰りなさい。あと一時間もすれば日が暮れます。ご家族が心配しますよ。あなたはまだ中学生でしょう。一年生か、二年生かな」

言い当てられて驚いた。

「どうしてわかるんですか」

女性は、目に笑みを含む。

「拗《す》ねたような眼差《まなざし》と、まだ純粋な幼さを合わせ持っているから」

胸を突かれた。この人の心に、自分はそう映るのか。いじけていて純粋で幼い。他人が見ている自分の姿が刺激的だった。そこに囚《とら》われそうになり、あわてて手に持っていたスマートフォンを掲げる。

「記念に、ここの写真を撮りたいんですが、修道院ってスマホ禁止ですか」

女性は笑いながら首を横に振った。

「一般の方々なら構いませんよ。私たちは禁じられていますが」

司祭が何の抵抗もなく使っていた事を思い返す。やはり修道院ともなると、教会より規律が厳しいらしい。そう考えた瞬間、スマートフォンを置いていった若武の姿が脳裏に浮かんだ。黒木の言葉が甦《よみがえ》る。

「置いていったのは、使わない、あるいは使えない場所に行くからだ。スマホ禁止の新興宗教の施設に入ったのかもしれない」

自分の目が底から光を放つような気がした。視線を伏せて気持ちを抑える。落ち着け。同じ規則を持っているからといって同じ団体だとは限らない。それにここは女子修道院だ。男子は入れないはずだし、新興宗教の施設でもない。自分を宥《なだ》めようとして、聞いてみる。

「ここは、カトリックの修道院ですよね」

女性は、誇らしげな表情になった。

「私たちは、もっとも正しい、唯一の正統なカトリックです」

はっきりとした答に、ほっとする。疑いから解放され、うれしくて微笑んだ唇から、それまで思ってもみなかった言葉がもれた。

「あなたも写真に入ってください」

燥《はしゃ》いでいる自分が、信じられない。

「その門の脇に立って」

女性は含羞《はにか》み、躊躇《ためら》いを見せた。表情が急にあどけなくなり、驚くほど幼く見える。和典は、同い年の女子を相手にしているような気分になった。

「私で、いいのかしら」

おずおずと門柱に歩み寄り、赤い帽子を取って心許《こころもと》なげに佇《たたず》む。ポーズを作る事もせず微笑みもせず、ただ困ったように立っていた。風に揺れる細い草に似た儚《はかな》げな姿は、ファンタジーの世界の住人のようだった。

和典は、アングルを変えていく枚か撮る。撮りながら、女性の澄んだ目が胸に染みこんでくるような気がした。この清楚な可憐《かれん》さを、スマートフォンのレンズで捉《とら》えられるだろうか。次第に夢中になり、楽しくなる。鍵を返しにきたのは、きっと別人だ。そう思えた。何といっても帽子の色がまるで違うのだから。最初に見過ごそうとしたその一点が、今は心で重みを持ち始めていた。絶対、別人だ。ずっとこのまま撮っていたい気分で、撮り終わる。

「ありがとうございました。プリントアウトして送ります、住所と名前を教えてください」

スマートフォンに入力しようとして構えながら、耳を欹《そばだ》てる。どんな名前を持っているのだろう。

「住所は、函館市千畳山《せんじょうやま》、聖なる光の修道院です。名前は水木咲蘭《さら》。水に木、咲く蘭と書きます」

黒木なら、きれいな名前ですねと言うだろう。あなたによく似合っていると言うかもしれない。だが和典には言えなかった。口をつぐんだまま入力し、心に水木咲蘭と刻みこむ。憐《あわ》れむような声が聞こえたのは、間もなくだった。

「あなたは、何か辛い事を抱えているのね」

ドキリとした。目を上げると、滝のように清冽《せいれつ》な眼差とぶつかる。

「私でよければ、悩みを聞きましょうか」

とっさに頭に浮かんだのは、十一歳の春に出会った司祭の事だった。成績を上げたいですか、家族に病人がいるんですか。思わず鼻で笑いたくなる。

「別に悩んでません。宗教って、人間の現世的願望を叶《かな》えるものですよね」

意地の悪い言い方だとわかっていたが、やめる気にならなかった。

「あ、叶えると公約しているもの、と言った方が正確かな」

さぞ気分を悪くするだろう。そう思いながら見つめていると、咲蘭は哀しげな笑みを浮かべた。

「あなたは誤解しています。宗教の使命は、魂の救済ですよ」

言葉が心に雪崩《なだ》れこむ。和典は、胸が痺《しび》れるような気がした。あの時ほしかったのは、この言葉だ。司祭の口から聞きたかったのは、こういうひと言だったのだ。あれから二年経ってようやくそれを手に入れ、自分の不満がただのクレームではなかったのだとわかって、うれしかった。宗教を再評価してもいいという気持ちになりながら、手放しで喜んでいる自分が気恥ずかしく、咲蘭から目をそらせる。

魂の救済、それこそ宗教に相応《ふさわ》しい崇高な使命だった。それを即座に口にできるのは、咲蘭が日頃から正しく気高い信仰心を持って神に仕えているからだろう。そういう人間が、若武を誑《たぶら》かすはずはない。鍵を返しにきたのは、やはり別人なのだ。

胸のつかえが一気に取れる思いだった。黒い帽子の女を捜そう。その女が若武の行方を知っているはずだ。

手の中でスマートフォンが鳴り出す。視線を落とせば、黒木からメールが来ていた。

「すみません、友達からなんで」

咲蘭は、点頭しながら帽子を被《かぶ》る。些細《ささい》な仕草がかわいらしい。微笑みながら和典はメールを開けた。浮かび上がった文字に目を走らせる。

「鍵を返しにきた女の帽子の色に、疑問が出た。女と直接会った鐘突き男は、イタリア人で二色型色覚だそうだ。つまり赤と黒を識別できない。特に濃い赤は、ほとんど黒に見えるらしい。女の被っていた帽子は黒ではなく、赤の可能性がある」

大きな波に襲われたような気がした。和典は呑みこまれ、水の中に沈みこむ。溺れながら咲蘭の赤い帽子を見つめ、ようやく気がついた。若武が使ったという本人らしくない言葉、救済、それが先ほど咲蘭の口からスラリと出てきた事に。体中が冷たくなっていき、息ができない。

4

若武が持っていた鍵を教会に返しにきたのは、水木咲蘭だ。では若武を誑《たぶら》かしたのも咲蘭なのか。そうだとすれば、若武の行方を知っているはずだった。いや事情を知らずに、ただ鍵を頼まれただけかもしれない。

様々な思いが沸騰するように湧き上がってきて、収拾がつかなかった。混乱に耐えられなくなり、和典は咲蘭に聞いてみようとする。口を開きかけ、あわてて自分を抑えた。今はまずい。もっと気持ちが落ち着いてからでないと、向こうの出方を計算できないし、逆に何を口走るか知れたものではなかった。

今この状態でできる事は、情報収集だけだ。できる限り多くの情報を集めておき、後で黒木と話し合って方針を決めよう。気持ちを落ち着かせようとして和典は、眼下に広がる景色を見回す。

「函館には、教会がたくさんありますね。きれいな街だ」

嘆くような声が聞こえてきた。

「あなたの目には、そう見えますか。かわいそうに。だまされているのですよ。この世にきれいな場所なんて、ありえません」

驚いて振り向くと、冷ややかな確信のこもった目がこちらを見ていた。

「この世は、悪魔の創造物ですから」

和典が通っていたカトリック系の幼稚園では、この世は神の創造物だと教えていた。悪魔の創造物という話を聞くのは、初めてである。

「この世で生きていく事は、悪魔に操られる事です」

決めつける言葉は強く、揺るぎない。

「私たちの魂は、この世にいる限り救済されないのです。ですから一刻も早く、この世から立ち去らねばなりません」

話は、少しずつ奇妙なものになった。

「最後の審判は、既に終わっています。この世は地獄なのです」

何だ、この教義は。和典は門柱にかかっている標札に目をやる。カトリック系のすべての修道院は、どこかの修道会に所属しているはずだが、それが明記されていなかった。

「この修道院は、何会の傘下にあるのですか」

咲蘭は一瞬、屋根の上の尖塔に視線を流し、再び和典に戻す。

「キリストの創設した真の教会、カトリック教会の傘下にあります」

答は、和典の問いから微妙にずれていた。だがそう言われてしまえば、反論できるほどの知識は持っていない。先ほどの、明らかにおかしい教義についてもっと詳《くわ》しい話を聞き、実態を摑《つか》んでおきたいと思った時、背後で複数の足音が響いた。

「今日は、こんで帰《け》えからね」

振り向けば、年配の男性が数人、門から出てくるところだった。和典は目を見張る。ここは女子修道院ではないのか。カトリックなら、男女はきちんと分けられているはずだった。

「また来《く》っから」

咲蘭は微笑《ほほえ》んで頭を下げ、彼らを見送る。和典は黙っていられなかった。

「ここは女子修道院ですよね。なぜ男性が入っているんですか」

若干、咎《とが》めるような口調になり、咲蘭の表情もいく分険《けわ》しくなる。

「あの方々は、勉強会に来ているのです。それに魂に性別はありませんよ。性別があるのは、肉体だけです」

きっぱりとした言い方に、迷いはなかった。

「なぜなら肉体は、悪魔が作った物だからです」

思わず、マジかとつぶやきそうになる。人間の先祖アダムを、神が土から作ったというのは、キリスト教徒でなくてもよく知っている有名な話だった。咲蘭の教義は明らかにキリスト教ではなく、カトリックでもない。

「ですから私たちは、肉体の死を望まねばならないのです」

これは、おかしい。

「完全なる死こそ喜びであり、魂の救済です」

それを聞いてようやく確信が持てた。ここはカトリックを名乗っているものの、実は新興宗教の教団なのだと。若武が入ったのは、きっとここだ。

「死によってのみ、私たちは、真の祖国である天の国に帰る事ができるのです」

そういう教義の下、嬉々《きき》として身を擲《なげう》ち死んでいく人々の姿が見えるような気がして、和典は身震いした。体の芯からゾクゾクと悪寒が立ち上がってきて抑えようもない。ここは自殺教団なのか。ふと人民寺院の事件を思い浮かべる。

アメリカで創設された人民寺院は、一九七八年に至って、千人に近い信徒が集団自殺して崩壊、壊滅した。新興宗教としては最大の事件だったが謎が多く、未《いま》だに真相は不明と言われている。固有の教義を持っている新興宗教の内部では、常識で考えられない事が起こりうるのだった。

若武は、こんな所に迷いこむほど自分の人生に絶望していたのか。そうだとすれば、なぜそれをわかってやれなかったのだろう。

苦い思いを噛《か》みしめながら、門の向こうに広がる建物に目をやった。要塞のように堅牢《けんろう》で、部外者が入りこめそうな出入り口や低い窓は一つもない。若武がもしここにいるのなら、何とかしなければならなかった。必ず助ける。今まで若武の気持ちに気づかなかった自分にできる事は、それしかないように思えた。

「もっと詳しく知りたければ、中にお入りなさい。説明して差し上げます」

こちらに向けられた目は、清らかな凄《すご》みを孕《はら》んでいる。

「さぁ、行きましょう」

中に入れば、出られなくなるかもしれなかった。まさにミイラ取りがミイラになるの典型で、ついて行くわけにはいかない。だが、また来られるようにしておかねばならなかった。

「今日は、これから約束があるんです。でもすごく興味があるので、また来てもいいですか。さっきの人たちのように勉強会に参加させてほしいのですが」

咲蘭は頷《うなず》き、丁寧に頭を下げると門の中に入っていった。和典は改めてその建物を観察し、写真に撮る。よく見ると、所々の壁に何かを削り落としたような痕跡があった。高い尖塔も、先端がポキリと折れている。謎だと思いながら、それらを記録した。

スマートフォンで情報を呼び出しながら、修道院の塀に沿って周りを歩く。函館山というのは、このあたりに連なるいくつかの山の総称らしく、地図と照合すると、聖なる光修道院はその中の一つ、南西に位置する千畳山の頂に建てられていた。

正門は、北向きである。そこから塀に沿って東に歩く。敷地《しきち》内は広かったが、車は一台も見当たらず、咲蘭も含めてこの修道院の人々は車を使わないらしかった。スマートフォンを禁じられているという事だから、車も同様なのかもしれない。

塀沿いに敷地の角を曲がる。南側は深い谷に面していた。塀越しに目をやれば、谷の斜面に遊歩道ができている。谷全体に桜の樹が植えられており、斜面がうっすらと桃色に染まっていた。綻《ほころ》びそうになっている桜を見るのは、函館に来て初めてだった。日当たりがよいからだろう。忍びこむとしたら、ここからだろうなと思いながら写真を撮っていて、その中に動くものを見つけた。

目を凝《こ》らせば、人間らしい。下から遊歩道を上ってきていた。やがて道から逸《そ》れ、桜の樹々の中を歩き始める。その体が時々、光を跳《は》ね返した。どうやら金属性の何かを持っているらしい。時に頭が樹の中に埋もれ、見えなくなる。光っているのは何なのか。いったい何をしているのだろう。もし修道院の人間なら、色々と話を聞けるかもしれなかった。

和典は急いで修道院正門前の道に引き返す。そこを下って麓《ふもと》の道路に出た。南側に回っていくと、谷を囲んでいる修道院の塀に突き当たる。それに沿って歩き、道に面した門の前で立ち止まった。門扉は片方が無く、片方は蝶番《ちょうつがい》が外れて傾《かし》いでいる。そばに自転車が一台停《と》めてあった。門から中をのぞけば、右手に修道院に続く遊歩道が見える。谷の半ばほどの所で、光が反射していた。

和典は中に踏みこみ、遊歩道を上る。その和典と逆に、光は桜の間を徐々に降りてきた。途中で時々、樹々の間に埋もれる。和典は遊歩道から踏み出し、光に近寄った。

そこにいたのは、濃紺のセーラー服を着た少女だった。髪をポニーテールに結い、いく分ぽっちゃりとしている。セーラー服の胸元には、二年一組蠣崎《かきざき》結衣《ゆい》という名札が付いていた。光っているのは首から下げた方位磁石《コンパス》で、蠣崎がそれを手にとって方角を確かめるたびに、太陽の光が反射するのだった。片手に白いチョークを持っており、方位磁石を確認しながら樹にチェックを付ける。同じ事を繰り返しつつ坂を降りてきていた。和典はその様子を見ていたが、どう考えても訳がわからず、やがて我慢できなくなって声をかけた。

「何してんの、蠣崎」

蠣崎はビクッとして背筋を伸ばし、頭の上にあった桜の大枝に後頭部をぶつける。鈍い音が響いた。和典は、信じられない思いで首を横に振る。こいつ、モロぶつけやがった。普通、避《よ》けるだろうが。外見からは想像できない不器用さだった。

「ちょっと、いきなり何だよ。びっくりすんでしょうが」

こちらを振り向いたその目には、いかにも強情で利《き》かん気そうな光がある。どこか若武に似ていた。和典は後悔する。こういう目をしている奴は絶対、面倒くさい。関わるんじゃなかった。

「ここは修道院の土地だよ。あんた、何で入ってきてんの」

返事に困り、はぐらかす。

「そういうおまえは、何でなんだ」

蠣崎は、勝ち誇ったような笑みを浮かべた。

「地元の人間には開放されてんの。けど、あんた、地元民じゃないよね。入っちゃいけないんだよ」

このままやり取りをしていると、低レベルの言い争いになりそうだった。和典はリタイヤを決める。蠣崎のやっていた事に興味があったが、しかたがなかった。

「あ、そう。わかった。じゃな」

遊歩道に戻ろうとして身をひるがえす。直後に、後ろから腕を摑《つか》まれた。

「待って。あんた、私が何やってたか聞きたかったんでしょ。聞いてみれば」

こいつ、やっぱ面倒くさい。舌打ちしたい気分で最初の問いを繰り返す。

「何やってたんだよ」

蠣崎は、片手の人差し指を目の下に当て、大きくアカンベした。

「教えるもんか、馬ぁ鹿」

和典は奥歯を噛み、両手を拳に握りしめて遊歩道に引き返す。忌々《いまいま》しく思いながら、くだらない事に時間を取った自分を呪った。

「ちょっと、あんただけ私の名前知ってるって、不公平でしょ。言ってきなよ、名前」

ああ面倒くせぇ。そう思いながらも足を止める。地元民なら、修道院について詳《くわ》しいかもしれなかった。

「上杉だよ。おまえ、あの修道院について何か知ってるか」

蠣崎は、谷の上の建物を仰ぐ。

「修道院って事しか知らない。私、函館の人間じゃないもん」

面倒な上に、まるで役に立たなかった。無駄な時間だったと考えながら歩き出し、ようやく気がつく。

「おまえなぁ、さっき何て言ったよ。ここは地元民じゃないと入っちゃいけないとか言ってたよなぁ」

にらむと、蠣崎は小首を傾げ、かわいらしげに微笑んだ。

「ま、その辺はアバウトって事で、よろしく」

和典は無言で歩き出す。本当は言いたかった。かわいく笑えば、何でも許されると思うなよ。二度と俺の前に顔を出すな。今度は怒鳴るからな。

時間を測りながら徒歩で谷地頭まで行き、市電に乗る。穏やかな揺れに体を任せ、十字街までの時間を確認して合計した。

市電の乗車時間は七、八分だが、停留場から修道院までが遠い。若武が朝、家を出て、礼拝室で一定時間を過ごした後、あの修道院に向かい、夕方、修道院から家に帰ったとすれば、夜遅い帰宅になるはずだった。小塚の話と合致する。毎日出かけていたという若武の行き先は、礼拝室とあの修道院だったと考えて間違いないだろう。

年配者たちが参加していた勉強会に、若武も出ていたのかもしれない。その時点では、彼らと同様に家に帰っていたのだ。そこから一歩進んだ先が、今日からの修道院入りという事か。

十字街で乗り換え、大町で降りて教会に向かう。すでに陽は傾きかけ、それを浴びた坂道でアスファルトのガラス粉が輝き立っていた。街灯が光を放ち始め、どこからかガランガランと鐘の音が響いてくる。一瞬ごとに近づいてくる夜は、黒い闇ではなく深い滅紫《けしむらさき》だった。これほどきれいな街を否定する咲蘭の心には、いったい何が宿っているのだろう。若武も、それにやられたのだろうか。

5

足を速めて、教会の敷地《しきち》に入る。黒木のメールに返事をしていない事を、その時思い出した。怒っているかもしれない。足音を忍ばせてヒマラヤ杉の小道を歩き、袖廊《しゅうろう》のドアをわずかに開けた。闇の中で礼拝室の明かりが細々とした光を放ち、中央に座る黒木を濡《ぬ》れたように照らしている。

胡坐《あぐら》をかき、片手に持ったスマートフォンを天井に向かって差し上げたり、床に置いたり、また膝の上に持ち上げたりして、ただひたすらに見入っていた。和典からの連絡を待っている。胸が痛くなるほど一途《いちず》な姿だった。和典はあわててドアを閉め、いったん表に出る。そこから黒木にメールをした。

「もうじき、そっちに着く。飯買ってくから。新興宗教の修道院、見つけた。若武のバージョンアップの原因もわかった。あの女だ」

近くのコンビニまで歩き、牛乳とハンバーガーを買う。レジのそばの棚に、黒木の好きなカスタードと生クリームの入ったシュークリームが置かれているのを見て、それも追加した。教会に戻り、袖廊のドアを開ける。黒木は床に寝転がり、片腕で両目を覆《おお》っていた。和典の声に応じて起き上がる。

「ああ、お帰り。退屈で眠くなっちゃってさ」

一心に待っていたとは言いたくないのだろう。同じ立場だったら自分もそう装う気がした。中学生は誰も、とにかくカッコよくやりたいのだ。

「あの女って、若武の鍵を返しにきた女性の事か。正体がわかったの」

黒木は彼女を気に入っている。傷付くかもしれない。そう思ったが、話さない訳にはいかなかった。

「市電で、おまえが軟派したトゥールーズの女と同一人物だよ。名前は水木咲蘭。かなりヤバそうだぜ」

黒木は、問題にもならないといったように軽く笑う。

「俺、ヤバい女、好きだよ」

信じられない思いで、その顔をのぞきこんだ。

「おまえはルパン三世か。俺なら、峰不二子なんて女には絶対に近づかん。あるいは張り倒して、正義を尊ぶ事を教えてやる」

黒木は人差し指を伸ばし、和典の鼻先をつつく。

「彼女が胡散臭《うさんくさ》いのは、初めからわかってたよ」

いったい、どこでわかったんだ。そう思ったものの、聞くのはくやしかった。

「すごく清らかそうだったろ」

黒木は目を伏せ、かすかな笑みを浮かべる。

「きれいすぎて嘘《うそ》がある、そんな感じだった」

その背で、またも黒い翼が広がる。

「それにどことない浮遊感があって、奇妙だったし」

鮮《あざ》やかな羽ばたきの音は、笑い声に似ていた。おまえはまだ子供だから、わからないだろうと和典に告げている。苦々しく思いながらコンビニの袋を床に置き、黒木の前に座りこんだ。中味を分け、収集した情報をすっかり報告した後、結論づける。

「聖なる光修道院は、修道院を名乗っているだけの新興宗教だ。若武は、おそらく中にいる」

手にしたハンバーガーの包み紙を半分だけ開いて食いつき、スマートフォンの画像を見せた。

「どこかで咲蘭と出会って勉強会に誘われ、参加しているうちにマインドコントロールされて入信しちまったってとこじゃないかな」

見れば、黒木はシュークリームの包装を開けようとしていた。その頭を小突き、取り上げてハンバーガーを押し付ける。

「菓子から食うな。青少年は、まず蛋白質《たんぱくしつ》。基本だろ」

黒木は大人しくハンバーガーを受け取り、もう一方の手で画面を指差した。

「これ、何」

見れば、修道院の南側の谷を写した画像に目を留《と》めている。

「建物の裏手の谷だ。忍びこむって事になった場合に備えての一枚。全体に桜の樹が植えられてて、遊歩道がある」

ハンバーガーを食い千切りながら、蠣崎の顔を頭に浮かべた。あいつ、函館の人間じゃないとすると、どこからきて何をやっていたんだろう。黒木が怪訝《けげん》そうな声を上げる。

「でもここ、遊歩できないぜ。ほら」

指差したのは、左手前に写っている建物の裏庭だった。眺めている時には気づかなかったのだが、そこに柵があり、遊歩道に踏みこめないようになっている。和典は首を傾《かし》げた。わざわざ塞《ふさ》ぐ理由がわからない。麓《ふもと》の道路に面した門扉は壊れたまま放置されているというのに、こちらだけ柵を作ってあるのも腑《ふ》に落ちなかった。

「それから、ここの壁が削られてる。何だろ。尖塔の先も、ブッツリしてて不自然だ。これ、どのくらいの高さなの」

和典は視線を空中に上げ、ここにはない尖塔を見つめる。自分の首の角度からだいたいの高さを推し量った。

「五十mくらいかな」

黒木の目に、皮肉な光が灯《とも》る。

「雷や強風で折れたのなら補修するはずだから、故意に折り取ったんだろう。屋根の上五十mでの作業は、素人には無理だからプロに頼んだんだろうけど、そうまでして折り取ろうというのは、相当な情熱だ。尋常じゃないものを感じるね。いったい何だろ」

和典はハンバーガーを全部口の中に押しこみ、包装紙を丸める。

「それらは、今んとこ謎だ。明治の建物だって話だったから、市の観光課か歴史保存会のデータの中に、建設当時の写真があるかもしれない。捜せよ。比べてみれば、何が削られているのかはっきりする」

黒木は、片手で自分のスマートフォンを操作し、ハンバーガーを食べながらしばらく見つめていたが、やがて諦《あきら》めたような息をついた。

「現存している明治当時の建築物写真データの中に、函館山の建造物は皆無だ」

牛乳パックを摑《つか》み上げて開き、その角にかぶりついて呷《あお》るように飲もうとする。和典はあわてて手を出し、パックを奪い取った。サイドについていたストローをはがし、中に突っこんで返してやる。

「山賊みたいな飲み方すんな。メーカーの指示通りに飲め」

黒木は、口角を下げた。

「おまえ、案外いい子ちゃんだね。自由というものを教えてやろうか」

和典は片手の人差し指を目の縁に当て、アカンベする。

「知りたくねぇよ」

丸めた包装紙を天井に向かって投げ上げ、コンビニのビニール袋の中に落ちてくるところを確認した。

「このあたりで新興宗教が盛んになったのは、昭和二十六年頃だって話だろ。聖なる光修道院が、その時期に創設されたとしたら、建物が建てられた明治期とは、かなりの時間差がある。この建物は当初、別の用途のために建てられ、聖なる光修道院が購入した際に不都合な部分を削り取ったのかもしれない。俗世的な建物で、好ましくない部分があったとかさ」

黒木が、音を立てて牛乳パックを床に置く。

「聖なる光修道院の手に渡る前に、別の人間が持っていた可能性が大きいな。複数の人間の間を転売されていて、そのどこかで傷付いたって事もありうるし」

手にしていたハンバーガーを口に突っこんで立ち上がった。

「司祭様が知っているかもしれない。聞いてみよう」

その手から放り出された包装紙をキャッチし、コンビニの袋に入れてから後を追う。教会堂の外は、もう真の闇だった。

「あの司祭なら、きっと何でも知ってるよ、明治時代からずっと生きてそうだし」

「いくつだよ」

司祭の家の窓からは、温かい光がもれていた。敷石を踏んで近づきながら、漂っているスープの匂いを嗅ぐ。

「これ、ブイヤベースだ」

こちらを振り返る黒木に、和典は首を横に振った。

「海老《えび》の匂い、しないじゃん」

黒木は、わかってないなといったように笑う。

「ブイヤベースは、そもそも漁師料理だ。海老なんか入れない。笠子《かさご》と穴子《あなご》、金頭《かながしら》が命。それにアイオリだ。海老は観光客用だね。入れとけば、高級料理に見えるからさ。でも味が濃すぎて目立ちすぎる。風味を全部さらっちまうから、嫌がる食通も多いんだ」

まるで若武みたいだと思った。目立つのが好きで、それを自分のアイデンティティーと考えている。今度会ったら、海老と呼んでやろう。だが、いつの事なのだろう。心許《こころもと》ない気持ちになりながら、自分と若武の間が早く今まで通りになるように願った。

黒木が、司祭の家のカウベルを鳴らす。返事があり、間もなく中年の男が片手にフォークを持ったままでドアを開けた。黒木が事情を話す。奥から司祭の声がし、黒木がこちらを振り返った。

「よかったら、食べていけってさ」

それはもちろん、いいに決まっている。二人で、フォークを持った男の後に続いた。廊下の突き当たりがダイニングで、テーブルの中央に大きな鍋が一つ置いてあり、その向こうに司祭が座っている。手にしていたフォークで鍋の中の饂飩《うどん》を掬《すく》い上げ、自分の皿に移しているところだった。

「饂飩、食うんだ」

日本の食文化に溶けこんでいるのが、何となく不思議だった。では蕎麦《そば》や棊子麺《きしめん》もいけるのだろうか。冷麦《ひやむぎ》、素麵《そうめん》はどうだろう。

「どうぞ、どうぞ」

男がテーブルの上に積み上げてあった小皿とフォークを取ってくれ、たどたどしい日本語と身振りで大いに食べてくれと勧めた。

黒木と二人で、鍋の中から魚や饂飩を掬い上げる。ハンバーガーと牛乳というアメリカ的な食事の後の饂飩は、たまらなく美味《おい》しかった。たちまち掬う物がなくなり、司祭がもうひと鍋作らせる。

男は、アントニオという名前らしかった。神のために鐘を突き、料理と庭木の手入れをしながら異国で過ごす一生にたいそう満足しているらしく、機嫌よく立ち上がって台所に向かう。鼻歌のオーソレミオが聞こえてきた。司祭が真面目《まじめ》な顔で何か言い、歌がフニクリフニクラに替わる。

「ラストは、サンタルチアで決まりだろうってさ。イタリアの南部出身者らしい」

笑いながら司祭とやり取りする黒木を見て、和典はフランス語ができない事を残念に思った。言葉がわからないと交流できない。それは、自分の世界を広げられないという事だった。

黒木が笑みを消し、真面目な顔になって司祭に切り出す。おそらく本題に入ったのだろうと思っていると、司祭の顔が急に活気を帯びた。台所に向かって声を張り上げ、アントニオに何やら命じている。黒木がこちらを向いた。

「驚くなよ。聖なる光修道院の建物は、明治時代にカトリック教会として建てられたらしい」

意外だった。

「記録を出してくれるって。今は全部データ管理だそうだ」

アントニオが、ノートパソコンの上に眼鏡を載せて恭《うやうや》しく運んでくる。司祭はその眼鏡を取り上げ、皿の隣にパソコンを置いて慣れた手つきで動かした。スクロールしながらフォークを摑《つか》み、器用に食べつつ呼び出した画面を説明する。黒木が日本語に直した。

「明治二十四年にカトリックの函館教区が創設され、市内に教会が建設された際、千畳山にも支部教会が造られたんだって」

その教会堂を傷付けたのは、誰なのか。そこから削られた物は、いったい何だったのだろう。

「その後、太平洋戦争が起こって、教会は軍部に接収され、津軽要塞の一部として使用されたらしい。その時点で宣教師たちは全員、帰国して、建物には軍人しかいなかったみたいだ」

では、その軍人たちの仕業か。当時カトリックは敵国宗教だったはずだ。教会を傷付ける事は、愛国的行為だったのかもしれない。

一瞬そう考え、すぐ思い直した。軍事的拠点にするなら、教会の外観を維持した方が敵軍に対するカモフラージュになる。軍部は、教会をそのまま保全するよう命令を出したはずだ。それに逆らってまで破壊行為をした兵士がいるとは思えない。つまり建物は、この時点では傷付いていなかったのだ。

「戦後すぐ宣教師たちが来日、協議会を設立して函館での活動を再開した。その時、拠点を絞る方針を立てたんだ。これにより千畳山の教会は閉鎖、売却された。昭和二十六年だ。それを買ったのが聖なる光修道院」

建物は、無傷で聖なる光修道院に渡ったという事になる。傷付けたのは、修道院の信徒以外にありえない。いったい何を削り取ったのだろう。

「聖なる光修道院が今も活動を続けている事は、司祭様も知ってるみたいだ。直接の交流はないって言ってるけど」

鍋を持って入ってきたアントニオが、黙っていられないといったように手振りを交えて話に入ってくる。次第に熱を帯び、持ったままだった鍋から熱い汁《つゆ》が飛び出してテーブルクロスに染みを作った。それでもいっこうに気にする様子がなく、しゃべり続ける。その興奮ぶりを見て和典は、よほど貴重な情報に違いないと思い、期待して耳を欹《そばだ》てた。黒木が一瞬、和典に視線を流す。

「大した話じゃないよ。ラテンの血が騒いでるだけだ」

無駄に興奮しているらしかった。なおも話し続けるアントニオから、和典は目をそらせる。する事もないので、皿の上に残っている饂飩の切れ端をフォークの先で追い回していると、やがて黒木の溜《た》め息が聞こえた。

「聖なる光修道院は、市民には評判のいい教団みたいだぜ」

耳を疑う。

「ここも含めて函館教区のカトリック教会は、布教より慈善事業に力を入れているようだけど、その慈善事業の対象となっている人々の中には、聖なる光修道院の勉強会に参加している人間が結構いるって。人の心を摑《つか》むところがあるんじゃないかというのが、アントニオの私見だ」

あの破滅的な教義のどこが人の心を摑むのか。それは勉強会を装った洗脳やマインドコントロールが行われているせいではないのか。

「上杉、外壁と尖塔の画像見せて」

黒木に言われ、ポケットに突っこんであったスマートフォンを出す。削られた数ヵ所の壁と、折れた尖塔の先をざっと見せてから最初の画像に戻し、司祭の前に置いた。そうして改めて眺めると、削られた部分は荒々しい爪痕のようにも見え、無残だった。

黒木がそれを指差しながら説明する。司祭はフォークを置いてスマートフォンを持ち上げ、自分でスクロールして目を通してから、きっぱりと断言した。

「Ｃｒｏｉｘ　ｏｕ　ｃｒｕｃｉｆｉｘ」

身を乗り出す和典に、黒木が底光りする眼差《まなざし》を向ける。

「カトリックの教会堂を建設するに当たっては、方位も含めて様々な慣習がある。それとこの画像を比べれば、何が削られたり折られたりしているかは一目瞭然だ。十字架、もしくはイエスの磔刑像《たっけいぞう》に間違いない、って」

それらはカトリックにとって神聖であるだけでなく、原点ともいえるものではないか。それを打ち壊しながらカトリックを標榜《ひょうぼう》する聖なる光修道院は、恐ろしいほどの矛盾を抱えていた。若武は、そこに取りこまれたのか。すでに染まってしまっているのか。どうすれば救出できるだろう。

「上杉」

ひっそりと言いながら、黒木が視線を司祭に流す。

「そろそろお暇《いとま》しようぜ」

見れば、司祭は力なく項垂《うなだ》れていた。自分自身が傷付けられたかのような深刻な表情で目を伏せ、十字を切って祈り始める。沈痛なその様子に和典は胸を痛めながらそっと席を立ち、短い挨拶をして黒木と共に外に出た。

「司祭様が何を祈ってたか、わかるか」

黒木に聞かれ、首を横に振る。

「カトリックにおいて教会というのは、救いの唯一の道であり、生き続けるキリストそのものなんだ。その教会を傷付けた人間を、どうぞお許しくださいますようにって、神にお願いしていたんだ」

胸を打たれ、言葉がなかった。カトリックの教義には、人間がどうしても逆らえないような深く美しい哲学が混じっている。すべてを許す思想とか、自虐的なほどの無私とか。それらはカトリックの底知れぬ力であり、魔力だった。

「ちょっと勝てないね。俺が思うに、カトリックは完全無欠の勝利者だよ。たとえば俺が誰かを殺すとするだろ。そいつに、あなたを許しますって言って死なれたら、俺の存在って空中分解するもんな」

同感だった。

「キリスト教の神に勝てるのは、ツァラトゥストラだけだよ」

おそらくニーチェは、神の完璧な愛に支配される自分に耐えられなくなったんだろうなと思う。支配されるくらいなら愛なんかいらない。ふと母の顔を思い出す。ほしいのは自由だ。自由に生きたい。きつくても、うまくいかなくても平気だ、いい思いをしなくてもいい、痛い目に遭っても構わないから、自由でいたい。

6

庭に踏み出すと、冷気が一気に体を包んだ。和典は腕を回して自分を抱きしめる。身を切るようなその空気が頭の中にも流れこみ、すべてを鮮明にしてくれるといいと思った。急いで若武捜索の計画を立て、動かねばならない。そう考えながら、手がかりの何もない現状に苛立《いらだ》つ。若武が持っていた鍵を、水木咲蘭《さら》が返しにきた。その咲蘭は、新興宗教のメンバーだ。若武の所在は不明。二人は関係があると思われるが、はっきりしない。

なんとも無秩序で混沌《こんとん》としている。美しく秩序だった数学の世界、この春休みに浸りきるはずだった至福に思いを馳《は》せながら、礼拝室に向かって歩いた。若武は、たぶんあの修道院にいる。いっそ乗りこんで、若武を出せと叫んでみるか。敷石に躓《つまず》き、転倒しそうになって黒木の腕に救われた。

「苛《イラ》つくなよ」

夜の中に溶けこみそうなほど黒い瞳が、気遣わしげにこちらを見ていた。

「山登りの鉄則って知ってるか。山頂を見ず、ただ足元だけを見て一歩ずつ進む事だ。それを繰り返す。そうすれば、いつの間にか目的地に着けるんだ。ここで俺たちはアウェイだ。地味に愚直に進もうぜ。イチローも言ってるだろ、『小さい事を積み重ねるのが、とんでもない所へ行きつくただ一つの道』って。作戦を立てよう」

和典は、自分を落ち着かせようとして大きな息をつく。事態がこんなにも無秩序に思えるのは、おそらく表面に現れた現象だけを見ているせいだ。その背後にある本質、つまり聖なる光修道院という教団を把握できていない。教団なら主宰者がいる。新興宗教なのだから教祖といってもいいだろう。その人物をはっきりさせ、調べていけば教団全体が見えてくる。打つ手も見つかるのではないか。

「まず聖なる光修道院を調べよう」

黒木が納得したような笑みを浮かべた。

「よし、二手に分かれようぜ。俺は法務局を当たって、聖なる光修道院の土地建物の名義人を調べる。おそらくそれが教祖だ。評判も聞いておく。おまえは司祭様に頼んで、教会の慈善事業に参加させてもらえ。アントニオが言ってたろ、その中に、聖なる光修道院の勉強会に参加してる人間がいるって。勉強会の様子を聞けよ。水木咲蘭についての情報も集めろ。運がよけりゃ、誰かが若武の姿を見ているかもしれない」

目の前が、一気に開けていくような気がした。庭の端にあるアーク灯の光が黒木の顔を斜めに照らし、形のいい頬を柑子《こうじ》色に染めている。それを見ながら、一緒に来てよかったと思った。自分だけでは、苛立《いらだ》ちを吹っ切れなかっただろう。頼もしかったが、同い年だと考えると、鮮《あざ》やかなその捌《さば》き方が若干くやしい。

「今日は、もう寝よう。明日は出陣だ」

イニシアティヴを取られっ放しで、ついムッとした。

「しれっと命令してんじゃねぇよ」

にらむと、黒木はわずかに笑って足を速める。

「じゃ、ご自由に。先にシャワー使うからな」

大人びた態度で受け流され、ますます無念遣《や》る方なかった。

「俺が先だ」

言い放ちながら黒木の脇をすり抜ける。黒木が大人っぽく振る舞えば振る舞うほど、自分が利《り》かん気な幼児のようになっていく事に気づいたが、止められなかった。

「おい待てよ」

足音が近づいてきて、黒木の厚い胸が隣に並び、腕が肩を抱く。

「じゃ一緒に入ろうぜ。背中流してやるよ、BB《べべ》和典ちゃん」

それで完全に頭に血が上り、肩に載っている黒木の腕を払いのけて礼拝室に向かった。笑い出す声を背中で聞きながら、叩《たた》きつけるように扉を閉め、黒木のボストンバッグの隣に置いてあったバックパックをつかみ上げるると、礼拝室の隅に移動する。そこに寝袋を広げておき、石鹸《せっけん》とタオルを出して、ドアから入ってくる黒木を無視、司祭の家に向かった。

勝手口に鍵はなく、その奥に間仕切りされただけのシャワーブースが二つ並んでいる。これなら一緒に使えたと思ったが、まだ気持ちが収まらず黒木に知らせなかった。脱いだ服を間仕切りの上に引っかけ、温度を調節してからカランを目一杯開く。滝のように流れ落ちる湯の中に頭を突っこんだ。しばらくそうしていて、少しずつ冷静になる。

ちょっとした事で腹が立つのは、胸底に黒木に対する劣等感があるからだった。それを抑えておけないのは、自分の未熟さだろう。黒木に悪かったなと思いながらシャワーを終え、礼拝室に戻った。

扉を開けると、黒木は自分のボストンバッグのそばに胡坐《あぐら》をかき、俯《うつむ》いてスマートフォンを操作していた。和典のバックパックは、かなり離れた所にある。

「終わったから」

声をかけてその脇を通り過ぎた。自分のバックパックのそばまで行き、中から洗濯ロープを出して張れる場所を探す。礼拝室の扉の鉄柵から鉄柵に渡すしかなかった。その作業をしている間に黒木が出ていく。和典はタオルを干し、自分のバックパックと寝袋を摑《つか》んで黒木のボストンバッグのそばに移動した。寝袋のチャックを開け、中に入りこむ。元に戻した事をからかわれると嫌《いや》だったから、寝たふりをしていようと思っているうちに本当に寝てしまった。

夢を見る。和典に向かって、悩みを聞いてあげましょうかと言った咲蘭が、若武にも同じ事を持ちかけているのだった。それで若武は釣られたのか。勉強会であの教義を刷《す》りこまれ、生きていく事の意義を見出《みいだ》せなくなってしまったのかもしれない。修道院の裏手にあった桜の谷、若武がそこに立って谷底を見下ろしており、声をかけようとしたとたん、その体が空中を落ちていった。思わず大声を上げて飛び起きる。夢だとわかって、大きな息をついた。抉《こ》じ開けるように寝袋のチャックを下ろし、両手で額の汗を拭う。

「どうした」

闇の中から黒木の、笑みを含んだ声がした。

「眠れないなら、俺が寝かせてやろうか」

和典は再び横になり、寝袋の中に両手を収める。

「うるさい。俺にかまうな」

急いだ方がよさそうだと思った。

第2章　桜坂

1

朝起きると、黒木の姿はなかった。枕元にコンビニの袋が置いてある。中には弁当とジュースパック、それにミントチョコレートが入っていた。昨日、和典が夕食を買ってきたからだろう。

礼拝室の洗面所で身づくろいをし、黒木が置いていった朝食を取って司教の家に向かう。庭の掃除をしていたアントニオを見つけ、ボンジョルノと声をかけようとすると、丁寧にお辞儀をされた。

「おはようございます。今朝、黒木君から話を聞きました。慈善事業のお手伝いをしてくれるそうで、助かります」

滑らかな日本語に、びっくりする。

「いつもは教会の信者の方々にお願いしているんですが、皆、なかなかお忙しくて。あ、言葉はわからない事になっていますから、そこんところよろしく」

ちゃっかりと釘《くぎ》を刺したアントニオに、和典は突っこんだ。

「旧約聖書では、嘘《うそ》をついてはいけないという事になっていたと思いますが」

アントニオは、軽く何度も頷《うなず》く。

「そうそう、嘘は罪です。でも小罪だから、祈りと善行で許される。私は毎晩祈ってるし、慈善もしてるから大丈夫です」

軽いのは国民性か、それとも個人の資質の問題か。

「私はいろんな人と接してるので言葉を覚えますが、司祭様は神としか接してないので、ラテン語以外を覚える機会がありません。一緒にここにきたのに、私だけが言葉を覚えてしまっては、きっとお寂しい思いをなさると思うので、内緒にしておきたいんです」

愛すべき嘘つきだった。

「上杉君、すぐ出かけたいんですが、いいですか。鐘を突く時間までに戻らないといけないので」

和典が了解すると、アントニオは手にしていた庭箒《にわぼうき》をそばの木に立てかけ、教会前の道路を指した。

「車を出してきます。道路で待っていてください」

どんな車だろう。イタリア人だからフィアットか、アルファロメオか、ひょっとしてランボルギーニかもしれない。初めて乗るイタリア車をあれこれ想像し、胸を躍らせていると、やがてプリウスがやってきた。

「これから行く所は、敬愛会館です」

アントニオの話では、京坂教会は、信者から寄贈された市内の古い旅館を修繕、敬愛会館と名付けて無料で高齢者に開放しているとの事だった。サービスを充実させるために市役所の福祉課やボランティア団体、市内の寺社団体とも提携しているそうで、利用者は館内で本を読んだり、囲碁や将棋をしたり、市から派遣されてくる講師による趣味の会に参加したりする。午後から夕方までの時間は、最上階にある温泉に入浴する事もできるようだった。

「うちの教会の分担は、建物全体の清掃とゴミ収集、お茶出しなどです」

赤信号で停《と》まる。和典の隣の車線に、車体の低い真っ赤なスポーツカーが滑りこむように入ってきた。目を向ければ、左ハンドルのコルベットである。思わず口笛を吹いた。

「カッケぇ」

瞬間、こちらに面した窓ガラスが静かに下がり、中から少女が顔を出す。

「おはよ、上杉」

蠣崎《かきざき》結衣《ゆい》だった。思いがけない所での再会に驚きながら、頭にヘルメットを被《かぶ》っている事にいっそうびっくりする。まるで工事にでも出かけるかのようだったが、考えてみれば、昨日もあの谷で方位を測っていた。

「おまえ、土木女《ドボジョ》なの」

蠣崎は一瞬、考えこむ。

「まぁ、そんなとこかも」

そう言いながら片目をつぶった。

「上杉、私に惚《ほ》れてもダメだかんね。彼氏いるから」

信号が青に変わる。コルベットは一瞬、車体を沈ませたかと思うと、低い爆音とともに一気に走り去った。後には、憤懣《ふんまん》やる方ない和典が残る。両手を握りしめ、こみ上げる怒りに耐えた。

「お知り合いですか」

ゆっくりと車をスタートさせながらアントニオが肩をすくめる。

「このあたりでは有名な建設会社の社長の車ですよ。目立つので、街の人間なら誰でも知っています」

蠣崎の傲慢な理由がわかり、鼻で笑った。

「たぶん蠣崎建設とか、蠣崎組っていうんですよね」

揶揄《やゆ》するように聞くと、返事は意外なものだった。

「いいえ、船越組です。日本にまだ侍がいた頃からの建設会社みたいですよ。このあたりの古い建物は、たいてい船越組の手によるもので、五稜郭《ごりょうかく》の建造にも関わったって話です」

侍がいた頃というのは、おそらく江戸時代の事だろう。だが、そんな昔の北海道に建設会社があるはずもない。築城や土木工事の技術を持った人間が、配下を率いて北海道に渡ってきて居着いたというところだろうか。

「着きました。ここです」

停まった車の窓から見ると、蔦《つた》の絡《から》まった赤レンガの塀に敬愛会館という四角い標章が埋めこまれていた。ポプラや柳の植えられた庭があり、その向こうにやはり赤レンガ造りの建物がある。明治時代のホテルという感じだった。

「まず浴場の掃除からです」

アントニオに続いて車から出る。ちょうど黒いワンボックスカーが駐車場に入ってくるところだった。

「あれが送迎車です。市内をぐるっと回って利用者を集め、夕方には送っていきます」

ドアが開き、利用者が降りてくる。杖《つえ》を突いている老人が多かったが、表情は誰も明るく、ここで過ごす一日を楽しみにしている様子だった。共同で行っている慈善活動は、功を奏しているらしい。人々の笑顔に触れて、和典も心が和《なご》む。知らず知らず微笑《ほほえ》みながら降りてくる男女を見つめていて、咲蘭《さら》がスーパーの買い物を届けていた松井の顔を発見した。

自分の目がカメラのレンズのように絞《しぼ》りこまれていくのを感じる。松井の後ろからは、あの修道院前で見かけた男性たちが姿を見せた。固唾を呑《の》んでいると、アントニオが玄関を指差す。

「じゃ浴場に行きましょう」

彼らと接触し、勉強会の様子や咲蘭について聞き出さなければならなかった。エレベーターで最上階まで上る。浴場にはすでに教会の信者たち数名が来ていて、一緒に清掃にかかった。

「この後は、何をするんですか」

せっせとモップを動かしながら聞くと、洗剤をつけて浴槽の壁をこすっていたアントニオがこちらを見た。

「ゴミを回収します。その後、利用者にお茶を配るんです」

お茶を配る時には、きっと話ができるだろう。そう思いながら力をこめて床を磨く。昔から掃除は好きだった。雑然としているものを整然とさせていく過程は、数学の問題を解いていく時に似ている。きれいになった風呂場で心地よく入浴し、リフレッシュする人々の気持ちを想像すると、さらに爽快さが増した。

「じゃ私は、これで教会に戻ります。上杉君は、信者の方々と一緒に行動してください」

アントニオが立ち去った後、信者たちと手分けして各階のゴミを集め歩く。最後に一階のゴミ置き場に持ち寄り、そこで可燃と不燃ゴミに分けて市の指定ゴミ袋に移した。資源ゴミはまとめて束にする。

「ああ、これダメ」

信者の一人が資源ゴミの束から包装紙を引き出し、和典の持っていた可燃ゴミの袋に突っこんだ。

「防水コーティングされてると、資源ゴミにならないから」

緑のロッド模様の包装紙だった。誰が出したのかを突き止めようとして、和典はさりげない言葉を選ぶ。

「きれいな包装紙ですね」

信者たちは顔を見合わせた。

「これって、市役所前の画材屋さんのだよね」

咲蘭《さら》が市電に乗りこんできたのは市役所前、同じ包装紙に包んだカンバスを持っていた。

「さっき大久保さんが持ってきたカンバスの包み紙だよ。今日から新しい絵を描くんだって」

同じ物とは限らない。だがその可能性も、ないわけではなかった。

「ここは、もうこれでいいね。じゃお茶を出しましょう」

給湯室に移動し、大きな薬缶《やかん》に焙《ほう》じ茶を作って急須に分ける。香ばしい匂いを嗅ぎながら、重ねた茶碗《ちゃわん》と一緒に盆に載せた。利用者のいる部屋に持っていくのかと思いきや、各階の階段のそばにあるテーブルに置くだけでいいと言われ、内心焦《あせ》る。接触できない。

「大久保さんは、どこで絵を描いているんですか」

信者の一人が教えてくれた。

「北側のベランダに面した洋室。絵を描くには、北向きの窓からの光が最適なんだって」

そこを訪ねるしかなさそうだった。あの老女や男性たちにも話を聞かなければ。

「全部配ったよね。じゃ今日はこれで。お疲れ様でした」

解散後、和典は廊下に張り出されている館内見取り図で、その部屋の位置を確認した。北側にはいくつか部屋があるものの、ベランダに面しているのは一室だけだった。大久保に会い、咲蘭との関係を探りながらできる限りの情報を集めたい。そう考えて足を向けた。

「ちょっと、あんだ」

廊下の途中で、部屋から出てきた白髪の女性に腕を摑《つか》まれる。

「見た事ない顔だけど、どういう人なんだべ。皆が知りたいて言ってんから、寄ってけばいいべえさ」

そのまま部屋の中に引っ張っていかれる。八畳ほどの洋室で、低いテーブルの周りを囲むように長椅子が並べてあった。話しこんでいた数人の女性がいっせいにこちらを見る。いずれも高齢者だった。

「今日のゲストの到着。ほんらそこ、席空げで」

広がる笑いの中、和典の座るスペースができる。そうなると、立っている訳にもいかなかった。

「ほんだら、あんた、名前と年齢、どこから何しに函館《はこだて》に来たんだか、しゃべってみれば」

好奇心に目を輝かせ、こちらを注視する女性たちの中に、松井はいない。和典は、早くここを出たい一心でリクエストに応えた。

「上杉和典、新中二です。東京近郊から来ました。目的は観光です」

こんな事をしている暇はない。そう思いながらも、切り上げるタイミングを摑《つか》めなかった。苛《いら》立《だ》つ自分を宥《なだ》めながら、どうせなら少しでも情報を集めようと考える。体を傾け、ズボンの後ろポケットに突っこんであるスマートフォンを出した。

「昨日すごく雰囲気ある建物を見つけたんですけど」

画面を操作し、あの修道院の南側の谷の写真を拡大する。今にも開花しそうな桜の樹々の後方に、青いエナメル瓦の屋根だけが見えていた。

「これです。でも名前がわからなくて」

隣に座っていた白髪の女性に差し出す。受け取った女性は眉根を寄せ、それを顔から遠ざけて見入っていたが、やがて隣にいた女性に渡した。

「これって、桜坂の修道院でないがい」

受け取った女性は頷き、また隣に渡す。全員が次々と画面に視線を落とした。

「この瓦の色は、あすこだべさ」

「うんだよ、間違いなく桜坂だべさ」

スマートフォンは最初の女性の手に戻り、そこから和典に返された。

「聖なる光修道院だべさ。わだしらは、桜坂の修道院って呼んでんだ。裏庭が坂になってて、そこの桜が見事なんだ。まだ教会だった戦前にゃ、司祭様が近所の衆を花見に呼んでくれたもんだ」

「わだしも行った。四、五歳だったんだが。司祭様から、飴《あめ》をもらったんを覚えとる」

「修道院が買い取る時に自治会が申し入れをして、花見だけは今まで通りにさせてもらうちゅう約束をしたんだべ。そんで春になると自治会が雪洞《ぼんぼり》を飾って、皆で花見をするのが習慣」

和典は、画面を指差す。

「でも修道院の人たちは、ここに出てこられないんですよね。柵がありますから」

女性たちは、額を寄せ集めるようにしてそれを確認した。

「ほんとにね。だけんど柵があってもなくても、あすこの人だちは金輪際《こんりんざい》、外にゃ出てこんわな」

「ん、出てきたのを見た事ないしょう。出てくるのは、咲蘭さんだけだべさ」

身を乗り出す和典に、白髪の女性が皮肉な笑みを向けた。

「あそこの人らは、魂を清めるために俗人や俗事とは関わらんそうだべ。何もせんと、ただ毎日、祈っとるちゅう話だべさ。三度の食事の世話から金の工面まで、全部、咲蘭ちゅう娘がやっとる」

心の中で音を立てて何かが外《はず》れる。一気に自由になった気がして、和典は大きな息をついた。外れたのは、自殺の危機という枷《かせ》だった。

「勉強会に行っとる人らの買い物や、通院の付添なんかをやってくれるのも、そん子だべさ」

急いで若武の行方を突き止め、救い出さねば危ないと思っていた。だがあの修道院内に信徒たちが生活しており、咲蘭がその世話をしているとなれば、自殺教団という印象からはかなり遠い。心を急《せ》き立てていた焦《あせ》る気持ちが静かに消えていき、少しずつ見え始めている教団の実態をしっかりと確かめるのが、若武救済の早道だろうと思えてきた。

「ま、確かな事は、勉強会に行っとる人らでないとわからんないべさ」

「今日、加藤さん、来とるんじゃないの。あん人は、熱心だてゆう話だから、聞いてみりゃわかるべさ」

和典は勇み立つ。

「ありがとうございました。聞いてみます。加藤さんは、どこにいるんですか」

女性の一人が、窓の外にある庭に目をやった。

「勉強会に行っとる人らは、ここでも、そん人だちだけで固まってで、だいたい読書室で本読んでんだから。今日もそうだべさ」

和典の隣で、白髪の女性が鼻を鳴らす。

「いい年をして宗教なんかにあんま夢中になるのも、どんなもんだべ」

向かいの席にいた女性が身を乗り出した。

「そんでも勉強会に参加してれば、困った時には助けてもらえし、皆、助かるて言ってんだよ」

隣にいた女性も頷く。

「そりゃぁまぁ、よぅやってくれるみたいだ。咲蘭さんがな、身を粉にして世話をしてくれるって話だんだよ」

思わず鋭くなる目を隠そうとして、和典は下を向いた。

「うんだね。聞いてだよ。まだ三十半ばの娘が、ようやるんだって。遊びたい盛りだのにね。勉強会に行ってる人だぢは、口をそろえて褒めてんだわ」

アントニオから聞いていた通り、評判はいい。皆が咲蘭の行動に気を取られ、破滅的なあの教義に気づいていないのかもしれなかった。

「儂《わし》も聞いたんだわ。あん人は、どんな時も正直で誠実だって。なかなかできんべさ」

和典は、咲蘭から漂い出ていた凜《りん》とした透明感を思う。あれは、そういう心から生まれ出る雰囲気なのかもしれない。そうだとすれば若武の鍵を返しにきたのも、その誠実さからだろう。たとえ返すように頼まれたとしても、隠したり、捨てたりしてしまえば、怪しまれる事もなかったのだ。それがわからなかったとは思えないのに、きちんと返しにきたのだから、その真心は疑う余地がないのかもしれない。

「わだしも一人暮らしになったら、勉強会に参加しようかて思ってるよ。車の運転もできないし、買い物なんかに困るのは目に見えてるべさ。会費も寄付もいらないし、金はいっさいかからないって話だかんな」

そんな事がありうるのだろうか。この世のすべての宗教は、信者からの寄付や会費で成り立っている。それを取らずして、どこから維持費を捻出しているのか。

「だけどさ、あの修道院の教えは、死ぬ事を喜び、それを望むていう話じゃないの」

白髪の女性が、声を大きくする。

「そんな変な教えがあんだべか」

和典は、同意の気持ちをこめて顔を上げた。とたん、奥の方に座っていた、萎《しな》びたように小さな老女が口を開く。

「わだしは、おかしな教えとは思わんよ。考えてみればいいしょ。毎年確実に衰える体を引きずってさ、いつまで生きるだべか。ずうっと生きてたって、しかたないんでないかい」

低く静かな声が胸に射《さ》しこむ。そんな話を聞くのは初めてだった。生きていてもしかたがないなどとは、誰も中学生に言わない。中学生はいつも、明るい希望に満ちた言葉しか与えられないのだった。その新鮮さと、そこに籠《こも》る真実の重みに心を揺さぶられる。

「皆、どっかでケリをつけなきゃならないんだら。わだしらは、死ぬ事を考えなきゃなんない年になったんだよ。だったら、どう死ぬかってゆう問題だべさ」

和典は、自分が意識の底に追いやっていたものに気づく。それは、人間が死ぬべき運命を背負っているという事だった。いつかは死ななければならない。頭でわかっていても、中学生にとって死は、はるか遠くにあるものだった。死を望む教義に戦慄したのも、そのために違いない。だが誰もが中学生のようにたっぷりと時間を持っている訳ではなかった。平均寿命とされる年齢に、まさに差しかかっている人間、それを超してしまった人間もいるのだ。

「そうだよねぇ、もう充分生きたんだし、いつ死んでもいいだかもしれないけどね」

「苦しむのだけは、ごめんだよ」

「だから信心に頼るんだべさ。どんな信心でもいいから、それば持つ事で楽に死ねんだら、それが一番じゃないがい」

「ほんと喜んで死ねるような気持ちになんだら、それに越した事ないべさ」

「それだばわだしも、勉強会に参加してみるべか」

人生のほとんどを生きてしまい、終焉《しゅうえん》に向かっていく人の気持ちは、まだ十三年しか生きていない和典とは決定的に違っている。その人々が自分の命に思いを馳《は》せ、死について色々と考える時、それに寄り添い、苦痛を和《やわ》らげて一緒に歩んでくれる教えに心惹《ひ》かれるのは当然だった。死を喜ぶべき事としている聖なる光の修道院の教義は、そういう人々にとって救いとなりうるのだ。恐怖せず、絶望せずに死んでいくために、人はそれを必要とするのだった。

2

和典は部屋を退出し、読書室に向かう。勉強会というのは、マインドコントロールをするための方便かと思っていたのだが、そうではないのかもしれない。若武本人はどうなのだろう。和典と同い年なのだから、死を受容するには早すぎるはずだ。それでも教義に賛同し、自主的に入信したのなら、和典にそれを否定する権利があるだろうか。

繰り返し自問自答してみても、数学のようにきっちりとした答が出てこない。否定する権利はなくても真意を聞く権利ぐらいはあるはずだというところに、気持ちを落ち着かせた。修道院の実態を探り、咲蘭《さら》についての情報を集め、黒木と合流して対策を立てたい。そう思いながら読書室の前に立つ。

ノック無用という貼り紙を見てノブを回した。朗読の声がもれてくる。数人の男女が角型テーブルについており、読んでいるのは五十代かと思われる眼鏡をかけた女性だった。聞いている人々の中には、松井や修道院から出てきた男性たちの顔が見える。

「第十二章その二十五、この世の命を愛する者は、永遠の命を失い、この世の命を憎悪する者は、永遠の命に入るだろう」

咲蘭が口にしていた教義に近い内容だった。読み手も、聞き手も静謐《せいひつ》に包まれている。読み上げる声は流れる水のよう、その声が響く部屋は、流れの中に沈んでいるこの世ではない世界のようだった。和典は、テーブルの近くにある椅子に腰を下ろす。

「では朗読はここまで」

女性が手元の本を閉じる。その表紙の文字を、素早く読み取った。ヨハネ福音書である。新約聖書と呼ばれる書物の中の一冊で、和典の幼稚園にも置かれていた。怪しいところはまったくない。これが聖なる光修道院の教義書なのか。

「今、ご入室になったあなた、何かご用ですか」

皆が、こちらに顔を向ける。和典はあわてて立ち、挨拶をしてからスマートフォンを出した。

「僕は上杉と言います。京坂教会に泊まっていて、今日はここにお手伝いにきました。桜坂の修道院について聞きたい事があったんですが、あちらの部屋の方々から加藤さんに聞けばわかると言われたので」

一同の視線が、朗読をしていた女性に向かう。彼女は眼鏡を取りながら微笑《ほほえ》んだ。

「加藤は私です。修道院について、何が知りたいの」

和典は、その席に近づき、テーブルにスマートフォンを置く。

「ここには、なぜ柵があるんですか」

加藤はもう一度眼鏡をかけ、画像を見直してから和典に視線を上げた。

「修道院の人間が、罪に触れなくてもいいように、です」

つまりこの桜坂は、罪なのだ。なぜだろう。戸惑う和典の前で、加藤は再び桜の樹々で埋まっている谷に目を向けた。

「桜は、語呂がサクラメントと重なるので、日本の教会関係者の間では好まれています」

何とも意外な事だったが、黒木の冗談は、当たらずといえども遠からずのようだった。

「けれども聖なる光修道院では、サクラメントを否定しているのです。それは罪だという事になっています。ですから桜も、罪の樹なのです」

先ほど女性たちの話にも出ていたように、あの谷に桜が植えられたのはカトリック教会時代なのだろう。聖なる光修道院が買い取った後、信徒が出入りできないように柵を設けた。自治会に開放したり、麓《ふもと》の門扉を壊れたまま放置してあるのは、あの桜の谷に対して修道院が否定的だからだ。

「秘跡《サクラメント》についてては、ご存知ですよね」

和典の記憶によれば、秘跡《サクラメント》というのは洗礼や結婚など、いくつかの儀式の総称で、カトリックにとっては重要なものだった。

「秘跡《サクラメント》は、救世主イエスが定めたものです。しかし聖なる光修道院は、イエスを救世主と認めていないのです」

呆気《あっけ》に取られた。キリスト教徒でない人間でも、イエスがキリスト教の中心であり根幹である事は知っている。それを認めずに、いったいキリスト教が成立するのか。

「それでイエスが決めた秘跡《サクラメント》も、認められないという事になるのです。それに秘跡《サクラメント》の中には、聖なる光修道院の戒律に触れるものも含まれていますから」

怪訝《けげん》に思いながら尋ねてみる。

「イエスが救世主でないとすると、何なのですか」

加藤は、何の問題もないといったようにあっさり答えた。

「イエスは、たくさんいる天使たちの中の一人に過ぎません。人間を導くために地上に遣わされただけの、ただの使者です。天使ですから、地上ではその姿は幻です。新約聖書のマタイ伝やルカ伝に書き留められている現象、イエスが海の上を歩いたり、人間を通り抜けたり、純白に輝いたりしたのは、その証明です。幻ですから死ぬ事もありません。十字架や磔刑《たっけい》は、人間が天使を迫害した証拠、嫌悪すべきものであるというのが聖なる光修道院の見方です」

それで十字架や磔刑像を削り取ったのだ。ようやくわかったと思いながら、その教義の奇怪さを噛《か》みしめる。イエスが天使の一人であるという特殊な説の論拠として、マタイ伝やルカ伝という新約聖書を持ち出して権威づけているところが、一筋縄ではいかないものを感じさせた。

「聖なる光修道院の教義は、独特なんですね」

そう言って様子を窺《うかが》う。加藤は、分別のありそうなその顔全体できっぱりと否定した。

「いいえ、旧約聖書、新約聖書を正しく読み解けば、必然的にそういう解釈になるのです。聖なる光修道院は、最も正統なカトリックです」

それは咲蘭からも聞いた言葉だった。だが釈然としない。

「すみません、イエスがただの天使だとすると、神との関係はどうなるのですか」

加藤は、よく聞いてくれたと言わんばかりの笑顔になった。

「すべての始まりは、天界での事です。天使の一人が、絶対者になろうとして反乱を企て、神の激怒をかって追放されました。その天使は悪魔と呼ばれ、地上に降りて自分の世界を作り、泥で人形を作りながら反撃の機会を狙っていたのです」

真剣な表情で説明され、思わず突っこみたくなる。天界とは、どこに存在する世界ですか。空の上ですか、地の下ですか。空の上には宇宙しかありません。地球、太陽系、銀河系の順です。地の下にはマグマと地核しかありません。双方ともに酸素がほとんどなく水も乏しいのに、神や天使たちは、どうやって生命活動をしたのでしょう。ステーションでも造ったわけですか。その原材料は、誰がどこからどういう手段で入手し、運んだのでしょう。

「七日の後、悪魔は天に昇って天使たちを誘惑、地上に連れてきました。天使たちは自らの霊を天界に残し、魂となって地上にやってきたのです。九日間にわたって夜となく昼となく地上に降りてくる天使たちの姿は、降り注ぐ流星群のようであったと言われています。この大移動は、旧約聖書『出エジプト記』において、寓意《ぐうい》として描かれました。悪魔は、泥で作った人形の中に天使たちの魂を入れ、これが人間となったのです。泥の体ですから、死す運命にあります。天使たちは騙《だま》された事に気づき、身悶《みもだ》えして嘆き悲しみました。この嘆きは、旧約聖書『詩編』の第百三十六章四に載っています」

美しくも哀《かな》しい物語だった。それを聖書で根拠づける事によって、教義は成立している。だが、その解釈は正しいのか。

「それを知った神は、天使たちに救済者を遣わそうとお考えになったのです。救済者が地上であるべき仕事をお決めになり、天に残っている天使たちに、これをやり遂げた者を自分の養子にするとおっしゃいました。ところがそのあまりの過酷さに、天使の皆が気絶してしまい、誰も引き受けなかったのです。引き受けたのは、話を聞いていなかった一人の天使でした。これがイエスであり、引き受けてから後悔したのですが、断れず、嫌々ながら地上にやってきたのです。この時、神がイエスにお命じになった仕事の内容をまとめたものが、新約聖書と呼ばれるものです」

和典は呆然《ぼうぜん》としながら考える。どう聞いても、天使たちは自分の事しか考えない軟弱者、イエスは神の話をスルーしていたマヌケとしか思えない。イエスを信奉するあらゆる信者が激怒するような内容で、新たな宗教戦争が起こるのではないかと心配になった。クラスメートたちに話したら、目も口も大きく開けて、はあっと叫ばれるのがオチだろう。で、こう言われる。マジありえねぇ。

「私たち人間は、悪魔の作ったこの世で、いつまでも苦しんでいるべきではありません。悪魔から与えられた体を脱出し、真の祖国である天界に帰って自分の霊と合体する事により、自分自身を救済できるというのが聖なる光修道院の教えです」

以前に咲蘭から断片的に聞いていた教義の全貌が、ようやく把握できたと思った。それを信じれば確かに、死ぬ事にも意義があるように思えてくる。死に対する恐怖が消え、死ぬ事は新たに天に生まれ出る事だという望みを持てるのだった。釈迦《しゃか》も、この世は苦であり修行の場であると言っている。宗教の多くは、人間を苦から解放するために、そういう帰結を持っているのだろう。そこに嵌《はま》ったのかもしれない若武をどうするか。黒木と話して戦略を練ろう。和典は、スマートフォンをポケットに押しこむ。

「ありがとうございました。でも加藤さんやここにいる方々は、桜坂のお花見には行けないんですね。お気の毒です」

加藤は真剣な表情で首を横に振った。

「私たちは、お花見できます。勉強会に参加している人間は平信徒と呼ばれますが、正確には信徒以前の状態で、信徒希望者なのです。ですから何をするのも自由。完全信徒と呼ばれる真実の信徒の方々は、修道院内にいます。魂を浄化するために厳しい生活を送っておられるので、外には出られませんし、誰とも会えないのです。もちろんお花見など、とんでもない事です」

先ほどの女性たちの話の裏付けが取れた。和典は、さらに突っこんで聞いてみる。

「その人たちは、あの修道院のどこで生活しているんですか。もしかしてバターやクッキーを作っていたりしますか」

加藤は笑いながら、人差し指で空中に修道院の形を描いた。

「何も作っていません。住んでいらっしゃるのは、神の領域と呼ばれる三階です。私たち平信徒は、一階と二階にしか入れません。神の領域に入れるのは完全信徒の方々と、そのお世話をしている水木咲蘭さんだけです。咲蘭さんは、私たちの勉強会の指導や、平信徒の世話もしてくださっている心の美しい、天使のような女性です」

天使という言葉が、和典の心で谺《こだま》のように響き渡る。先ほど説明された教義からは、かなり間抜けな天使像しか想像できず、咲蘭にも抜けた面があるのかもしれないと余計な事を考えた。あわてて雑念を振り飛ばす。

「完全信徒って、何人くらいいるんですか」

加藤は首を傾《かし》げた。

「私もお会いした事がないのではっきりわかりませんが、咲蘭さんから聞いたところでは七、八人はいらっしゃるのではないかしら」

端の方に座っていた松井が、おずおずと口を開く。

「わだしの知り合いに、あそこに入ったてゆう人が一人いるべさ」

男性たちが追随した。

「俺が昔勤めてた会社でもさ、役員が入ったゆう話聞いた事あるんよ」

「俺も聞いた事あるわ」

どうも複数の人間が居住しているらしかった。和典は、加藤の前にある本に視線を投げる。

「それ、ヨハネ福音書と書いてありますが、勉強会の教本ですか」

口のほぐれてきていた男性たちが、次々に声を上げた。

「いや、あと三、四冊ぐらいあるかな。えっと『ヨハネ問答録』と『イザヤの幻視』、それから何だったべか」

「どうもはっきり覚えてないんだよね。近くで見た事ないし」

加藤が手元の本に目を落としながら補足する。

「『二原理の書』と『典礼書』です。この四冊は、日本語ではないんです。オック語とかの古い本で、勉強会のたびに咲蘭さんが持ってきて訳してくれます」

オック語というのは、どこの言葉だろう。帰ったら黒木に聞いてみようと思いながら腰を上げた。

「すっかりお邪魔してしまって、すみませんでした」

これだけ話を聞ければ、もう大久保を訪ねる必要もないだろう。一瞬そう考えたものの、大久保は、咲蘭に買い物をしてもらっている可能性があった。それにも拘《かか》わらずこの集まりに参加していない。何かあるのかもしれなかった。一応足を運んでおいた方がよさそうだと判断し、出入り口に向かう。ノブに手をかけ、ドアを引いて踏み出そうとすると、背中の後方で、男性たちが話し始めた。

「なんだべか今の中学生て、宗教に興味があるんだか。こないだも勉強会に来てたべさ、めんこいのが」

「ああ、若武てゆう子だ」

息が止まりそうになる。

「咲蘭さんが熱心に教えてたんだよ」

思わず振り返った。

「その中学生、今も来ているんですか」

声に鋭さが混じるのを感じ、あわてて視線を背《そむ》ける。息を詰めて返事を待った。男性たちののんびりとした答が聞こえる。

「いや、こんなとこ見てないいんだわ」

「若い人は、飽きるのも早いんだべさ」

若武は、そんな性格ではない。自分がやると決めたら傍目《はため》にうるさく映るほど、とことんやるのだ。和典は開けかけたドアを閉め、思い切って切りこんでみる。

「その中学生が、さっきうかがったような完全信徒になって修道院に入っているとか、ありえますか」

それが事実なら、すぐさま親に連絡し、警察に行方不明者届を出してもらえばいい。警察は修道院に協力を求め、三階部分を捜索するだろう。それできっと見つかる。事情聴取が行われれば、若武の入信やその真意についてもはっきりするに違いない。つまり、ここで確実な情報さえ摑《つか》めれば、何もかも一気に解決に向かうのだ。気持ちが逸《はや》り、抑えようもなく鼓動が高くなった。男性たちの間から笑いがもれる。

「そんな事も、まぁあるかもしれんけど、中学生には無理だべさ。魂を純粋にするために厳しい生活をしないばないって話なんだわ。食事制限もあるべし、一日中祈ってないばなんないし」

「咲蘭さんに聞きぁ、はっきりするべさ」

加藤がこちらを見た。

「聞いておいてあげましょうか」

のめりこんでいきそうな気持ちを抑える。あまり突っこむと不審に思われ、加藤を通して咲蘭に伝わる危険があった。警戒されれば、これまでのように自由な行動はできなくなる。黒木と話してからの方がいいだろう。

「いいえ、そこまでは結構です。自分と同じ年頃だって聞いて、へぇって思っただけですから。では失礼します」

あっさり納得した様子の加藤に、ほっとしながら部屋を出る。そのとたん、先ほど頭をかすめた若武の性格が再び脳裏に甦《よみがえ》った。これまでにない鮮《あざ》やかさで胸を揺する。

周囲の人間がどれほどうんざりし、もうやめろよと怒鳴り捲《まく》っても決して諦《あきら》めない、自分の意志がある限り突き進んでいく、それが若武だった。絶対に空気を読まず、太々《ふてぶて》しいほど自信を失わず、強引に自分を押し通し、時には詐欺まがいの手口を使っても周りを丸めこむ。和典から見れば、やり切れないほど気に障《さわ》る性格なのだ。昨日は、人生に絶望したのだろうと思った。だが落ち着いて考えてみれば、若武は絶望なんかしない。それほど殊勝でも繊細でもない。千枚張りの面の皮をしていて煮ても焼いても食えず、何度でも立ち直る奴《やつ》なのだ。

和典は立ちすくむ。目の前の廊下が途方もなく暗く、足元さえも隠すような闇に閉ざされて見えた。若武の修道院入りの真相は、今まで自分や黒木が考えてきた事とはまったく違っているのではないか。そんな気がした。

3

先ほどの廊下に戻り、北側のベランダに面した部屋に向かう。ドアには使用者の名前を差しこむフォルダーがついており、大久保利明《としあき》というカードが入っていた。ノックに応え、嗄《しわが》れた男性の声が響く。

「どうぞ」

そっとドアを開けると、ベランダに続く大きな窓の前に立てた画架《イーゼル》に、カンバスを載せている車椅子の男性が見えた。

「大久保さん、お手伝いしましょうか」

振り返った顔は、六十代半ばである。日に焼け、鼈甲《べっこう》の眼鏡をかけていた。頭に被《かぶ》ったベレー帽は、着ているジレと同じ生地で仕立ててあり、上品だったが、うるさ型の雰囲気を漂わせていた。

「誰だね。見なれん顔だが」

和典は歩み寄る。

「東京から遊びに来て、京坂教会に泊まっている上杉といいます。今日は手伝いにきました」

納得したように大久保は表情をゆるめ、作業を和典に任せて後ろに下がる。

「足がご不自由では、こんな大きなカンバスを運ぶのは大変でしょう。いいですか、ここで」

了解を求めた和典に、大久保の手が左側に寄せるよう命じた。それに従い、好みの位置に固定する。

「自分じゃ無理さ。運んでくれる女性がいるからね」

咲蘭《さら》の事だろう。一瞬とぼけようかと思ったが、二つの部屋にいたメンバーから話が伝わった場合の整合性を考えておかねばならなかった。

「水木咲蘭さんですね。皆さん、助かっていると言っていました。感心な方だって」

大久保の唇に、皮肉な笑みが浮かぶ。

「まぁね。昔は、普通の子だったんだが」

昔の咲蘭を知っているのだ。心臓が躍り上がる。和典は胸に手を当て、服を握りしめた。静まれ、俺。

「もしかして、ご親戚ですか」

そんな人間が現れるとは、予想もしていなかった。このチャンスを生かし、できる限りの情報を引き出したい。声が震えないように力をこめながら大久保の表情を探った。

「それとも、ご近所とか」

大久保は車椅子の腕置きから手を上げ、人差し指を立てる。

「ピンポン」

そう言ってから、厳しい目付きになった。

「君たち若い連中は、当たりと言う代わりにピンポンと言うだろ。本当ですかと言う代わりに、マジっすかと言うし。日本語は乱れとるね」

ここで機嫌を損ねては、何も聞き出せない。だが初対面では、どこにどんな爆弾を抱えている人物なのかわからなかった。しかたがなく無難な話をしながらこの先の運び方を考える。

「うちの学校の先生は、話し言葉は変わっていくものだと言っています。宮中の女性たちが奈須比《なすび》を略してお奈須と呼び、それが現在の茄子《なす》という言葉に定着したのがいい例だって」

不満げな声が上がった。

「じゃ、ピンポンも定着すんのかね」

不貞腐《ふてくさ》れた子供のような言い方に、和典は噴き出しそうになる。

「さぁ、どうでしょう。定着するのが嫌だったら、誰かがピンポンと言うたびに、否認の声を上げる事ですよ。その努力を続ければ、定着は阻止できる可能性があります」

大久保の唇が、への字に曲がった。

「そんな事をしたら、定着するのは、僕が頑固爺《じじい》だって噂《うわさ》じゃないかね」

和典は、先ほど大久保がしたように人差し指を立ててみせる。

「それは、百%《パー》確実でしょう」

大久保は笑い出し、目の端で和典をにらんだ。

「君は、なかなかイカす会話のできる子だ。知的でセンスがいい。咲蘭もそうだったな」

その目に懐《なつ》かしむような、哀しむような光が浮かび上がる。和典は、そこに付けこむ隙《すき》を見つけた。過去に思い入れを持っている人間は、それを語りたがるものなのだ。部屋の中を見回し、丸椅子を見つけて大久保のそばに引きずってくる。

「皆の注目の的の、その感心な女性について聞かせてください」

腰を下ろし、大久保の顔を真《ま》っ直《す》ぐ見つめた。

「大久保さんだけが知っている彼女の素顔があるんですよね」

やるせなさそうな溜《た》め息が、大久保の口からもれる。

「僕は、咲蘭の家の二軒隣りに住んでいて、咲蘭の親父《おやじ》さんとは同級生だ。大学も、一緒に早稲《わせ》田《だ》にいった」

言葉に訛《なま》りがないのは、若い時期を東京で暮らしたからだろう。見かけから判断してそれが四十数年前だとすれば、大学進学率も今より低く、早稲田の偏差値はかなり高かったに違いない。経済的にも大変だっただろう。それらを乗り越えて学んだ大久保に、和典は心で敬意を表した。

「咲蘭は元気のいい子だったたよ。今は痩せちまって、透き通るようで、なんか人間離れしてるじゃないか。あんな修道院に入るからだ。痛々しいね」

意外にも批判的なニュアンスだった。この口ぶりでは、勉強会に参加するはずもない。咲蘭が買い物を届けているのは、父親の友人への好意なのだろう。

「聖なる光修道院の教義に、賛同していないんですか」

答は、冷ややかな舌打ちだった。

「まぁ見解の相違さ。まだ若い君に教訓として話すなら、人生は選択の連続で、その最後の選択は自分の死に方という事になる。死に方は、生き方の一つなんだ。僕は実存主義だよ。サルトルは嫌いだがね、神には頼らん」

精神が強いのだろう。懐疑的なのかもしれなかった。和典は自分を思う。さほど強くはないが、神は信じない。神よりは、数学を信じていた。

「咲蘭は頭のいい子で、大学は上智《じょうち》に行った。神学に興味があるとかでね。たまに帰省する時には恋人と一緒で、卒業を待って結婚するという話だった。ところが、その男がバス事故で死んだんだ。咲蘭は相当ショックを受けたらしくて、トゥールーズに行きたいと言い出した。親父さんも、好きなようにやらせてやりたかったんだろ。気晴らしが必要だからさ。あっちに一ヵ月くらい行ってたかな。それで帰ってきて、間もなくあの修道院に入っちまったんだ」

壁沿いにある棚まで車椅子を動かし、そこに置いてあったバッグを持って再びイーゼルの前まで戻ってくる。キレのよい動きに、和典は感心した。車椅子バスケットという競技があり、格闘技並みにハードだと聞いた事があるが、シニアのチームが結成されれば大久保も充分参加できそうだった。

「誰にも訳がわからなくてね。皆がいろいろ聞いたんだが、咲蘭は何も言わなかった。結局そのまま今に至ってる訳さ。勉強会のメンバーに加藤っていうのがいただろ。あれは咲蘭の高校の先輩だ。東京の大学を出て都内で結婚していたが、うまくいかずに一人でここに戻ってきたところを、咲蘭に頼まれて勉強会のリーダーになった。まぁ五年も続いているんだから、あの教養の中に心落ち着くものを見つけたんだろう。人間は様々だからね」

バッグに手を入れ、クリップのついたホルダーを取り出してイーゼルの左端につける。続いて写真を一枚、そのホルダーに挟んだ。親子らしい三人が、青々とした芝の上で食事をしている。

「咲蘭の両親だ。親父さんから、絵にしてくれって頼まれててね」

咲蘭はセーラー服姿で、長い髪を三つ編みにしていた。

「当時の咲蘭は、高女学院の生徒だった。明治時代に創設された名門女子校だよ。僕らは皆、憧れたものさ。北村家にとっては、この頃が一番いい時期だったんだろうな」

初めて聞く苗字《みようじ》だった。

「水木じゃないんですか」

大久保は鼻で笑う。

「北村咲蘭だよ。水木ってのは、死んだ恋人の姓だ」

それを名乗っているのは、忘れられないからだろう。もしかして彼に殉ずるための修道院入りなのか。

「恋人だったという水木さんは、あの修道院の信徒だったんですか」

大久保は、バッグの中から出した絵の道具を広げる。

「違うだろう。東京渋谷にある寺の後継ぎだって話だったから。良《よ》い悪いの良に、能楽の能と書いてナガヨシという名前だって言うから、じゃお寺の息子だろうと言ったら、大当たりだった。いかにも住職がつけそうな名前じゃないか、良能なんて。咲蘭が愚痴ってたよ。せっかく上智でキリスト教を研究したのに、住職のお嫁さんになるなんて皮肉だって」

では咲蘭が、あの修道院に入らなければならない理由は、どこにもないのだ。いったいなぜ、何のために入ったのか。不可解な思いが波紋のように静かに胸を揺すり、心の奥深くまで広がっていく。

「あ、咲蘭の親父さんから送ってもらった二人の写真があったな。見るかね」

大久保は身をかがめ、床に置いてあったバッグからスマートフォンを出した。不器用な手つきで、時間をかけてようやく目的の写真を見つけ出す。

「これだ」

どこかにドライブした時のスナップらしく、車の前に敷いたビニールシートに二人が座っていた。髪を短く刈ってプロサッカーチームのロゴの入ったTシャツを着た男の隣りで、咲蘭が同じTシャツ姿で微笑《ほほえ》んでいる。

「彼氏が、そのチームのファンらしいよ」

生き生きとした笑顔で、先ほど大久保が言ったように、今の咲蘭とはまったく違って見えた。

さぞ幸せだったのだろう。そう思えば思うほど、それを突然、失った咲蘭の戸惑いと悲しみが胸に迫った。

「どうしてトゥールーズなんかに行く気になったのか、帰ってきたと思ったらなぜ修道院に入っちまったのか、すべて謎だね」

大久保のつぶやきを聞きながら、和典はスナップを見つめる。二人の間から車のナンバープレートが見えていた。数字は八〇八である。車のナンバーに好きな数字を選べるようになって、誕生月と日を並べる人間も多いと聞いていた。

「咲蘭さんは、八月八日生まれなんですか」

大久保は筆を逆に持ち、その先で距離を測りながら軽く笑う。

「ナンバープレートの数字なら、彼氏の誕生日だよ。死んだ日でもある。生まれた日と死んだ日が同じで、墓石には八が四つも並んでたそうだ。悲しい一致だね」

4

咲蘭《さら》について一通りの情報を手に入れて、和典は敬愛会館を出た。アントニオはおらず一人で帰らなければならなかったが、陽はまだ高い。もう少し情報を集めようという気になり、スマートフォンで近くの停留場を検索して市電に乗った。修道院に向かう。

谷地頭《やちがしら》で降りてからコンビニでサンドイッチとコーヒーを買い、食べながら歩いた。道端の立て看板には、食の宝庫北海道という文字が躍っている。カニやウニやイカが笑いながら手招きしていた。ここに来てからコンビニ食と饂飩《うどん》しか食べていない自分を哀しく思う。

修道院に通じる坂道を上りかけた時だった。背後で自転車の急ブレーキが響き、直後に衝突音が上がる。悲鳴も聞こえた。あたりに人の姿はない。聞いた以上は放っておくわけにもいかず、やむなく引き返した。

坂の下の十字路まで降り、左右を見回す。右手の道路脇に自転車が横倒しになっていた。近くに少女がしゃがみこんでいる。障害物も、ぶつかったと思われる相手もなく、真っ平らな見通しのいい道だった。和典は、ズボンの後ろポケットに入れてあったスマートフォンを引き抜く。いったいどうすればここでコケられるのかと訝《いぶか》りながら駆け寄り、少女のそばに片膝を突いて顔をのぞきこんだ。

「大丈夫かい。救急車、呼ぼうか」

少女が、こちらに目を向ける。蠣崎《かきざき》結衣だった。和典はぎょっとしながら、蠣崎の二つの目に浮かんでいる涙に気づく。余程ひどく突っこんだらしかった。多少、気の毒になる。

「どっか痛めたのか」

瞬間、蠣崎が両腕を伸ばし、すがるように抱き付いてきた。和典はあわてて飛び下がる。蠣崎との距離を保ちながら、焦《あせ》っている自分を落ち着かせた。

「何だ、おまえ、男を襲う気か」

蠣崎は顔をゆがめ、空を掻《か》いた自分の両手を拳に握りしめる。

「彼氏にフラれたんだ。二股かけられて、私、捨てられた」

いきなり打ち明けられても、対応に困る。内心あたふたしながら考えた、俺にどうしろっていうんだ。通りすがりの他人に、多くを求めても無駄だぞ。

「だから自転車で自爆しようと思って、メチャクチャ走らせてたら、自爆する前にコケちゃったんだ」

論理立てた話ができているし、見たところ出血はおろか擦り傷もない。怪我《けが》は大した事がないのだろう。

「あいつ、絶対許せない」

気持ちはわからないでもなかった。宥《なだ》めようと思っていると、蠣崎がひと際高く叫ぶ。

「だってその女、私よりブスなんだもん」

そっちか。

「ブスの女に乗り換えられたら、私、立場がないよ」

泣き出す蠣崎を見ながら、和典は苦笑する。次第にかわいらしく見えてきた。写真の咲蘭と同じセーラー服を着ている事に、その時初めて気がつく。名門との話だったから、頭も悪くないのだろう。それが男とうまくいかなかったくらいで自爆とは。昨日見かけた不器用さに加えて、このアンバランスでは二重苦だった。危なっかしい奴だと思いながら、ポケットからハンカチを出す。

「ほら」

驚いている蠣崎の手の中に押しこんだ。

「あんまり嘆くな。おまえに合った男が、そのうちきっと見つかるさ。それより車乗る時ヘルメット被《かぶ》って、自転車の時被ってないのは、なんでだ。逆じゃね」

ハンカチを両目に押し当てて蠣崎は泣きながら声を振り絞る。

「今朝は、叔父さんちの現場に連れてってもらうとこだったからだよ。私、建てかけの建築物を見るのが好きなんだ。将来は、設計士になりたいからさ。今は自爆のつもりだったから、被ってなくて当然でしょーが」

土木女《ドボジョ》ではなく、設計者《デザイナー》志望らしかった。意外な一面である。

「頑張れよ。そんじゃな」

人間は多面的な生き物なのかもしれないと思いながら歩き出す。後ろから声がした。

「これ、洗って返す。上杉のアドレス、教えて」

和典は、軽く手を振る。

「やるよ。もう自爆なんて考えんなよ」

数歩歩いてから、ふと思いつき、振り返った。

「おまえさぁ、もしかして今、桜坂に行くとこだったのか。何しに行くの」

蠣崎は一瞬、無表情になり、直後、手にしていたハンカチを丸めて和典に投げつけた。

「それ聞き出したいために、声かけた訳か、馬鹿野郎、言うもんか」

和典は奥歯を嚙《か》みしめる。やっぱりこいつとは気が合わん、関わるんじゃなかった。しみじみ後悔しながら修道院に向かう。人の出入りや咲蘭の様子を、夕方まで見張るつもりだった。

5

明治二十二年に作られたという旧土地台帳は褐色で、ページの端が擦《こす》れて丸くなり、染みが浮き出していた。黒木貴和はそれを閉じ、口を引き結ぶ。思ったほどの成果が上がらない。

先に見た宗教法人の移記閉鎖登記簿によれば、聖なる光修道院は昭和二十六年に創設されており、代表役員は橋本重蔵という人物だった。基本財産として百万円が記載されている。この橋本の死亡により、二代目の代表役員として神崎豊が就任、さらに神崎の死亡により三代目の小沢剛、その死により四代目の柏木《かしわぎ》康平が就いて、現在に至っていた。

代表役員の変更が行われるたびに財産額の変更もされており、そのつど総額が増え、八年前に柏木が代表になった時には五百万円になっている。代表役員の住所は全員、修道院内だった。宗教法人として登記するには、他にも責任役員二人以上が必要で、それに代表役員と咲蘭を合わせれば、少なくとも四人以上の信徒がいる事になるが、その名前までは公開されていない。現在の代表役員である柏木康平をネットで検索したものの、裏サイトまで調べても何の情報もなかった。

目の前にある旧土地台帳にしても、修道院の実態を明らかにするきっかけになりそうなものは皆無である。土地の持ち主は、この台帳ができた明治二十二年当時には蠣崎という人物で、その後、相続によって何人かに渡っていたが、全員が同じ蠣崎姓だった。現在は、函館の隣の北斗市《ほくとし》に住む蠣崎清人《きよと》という人物の所有となっている。つまりカトリック教会が聖なる光修道院に売却したのは建物だけで、土地は借地なのだった。

「いかがですか」

声をかけられて目を上げると、ドアを開けて法務局の職員が入ってくるところだった。手には、白いカップを載せたソーサーを持っている。あたりにコーヒーの香りが漂った。

「どうぞ」

先ほど台帳を出してくれた五十代後半の小柄な女性である。カウンターで立ったまま調べるのは大変だろうと、上司の許可を取って職員用の休憩室を貸してくれたのだった。

「ありがとうございます。なかなか難しいですね」

文書に書かれていない情報は、この親切な女性から入手できるかもしれない。貴和は、職員の胸のネームプレートに視線を流す。

「新川《しんかわ》さんは、函館生まれですか」

新川は、顔を強張《こわば》らせた。知らない人間から名前を呼ばれる事は、あまりないらしい。真剣になったその表情が何ともかわいらしく、貴和は笑いながら人差し指でネームプレートを指した。

「もしそうでしたら、伺いたい事があって」

新川は自分の胸を見下ろし、ようやく納得がいったらしく吐息をもらす。

「生まれも育ちも函館市内です」

打って付けだった。貴和は台帳を持ち上げ、向こう向きにして差し出しながら蠣崎の名前を指先でなぞる。

「この蠣崎という人、ご存知ですか」

新川は台帳を手にし、貴和の前のソファに腰を下ろした。

「蠣崎家は有名な旧家です。本家は松前《まつまえ》にあって、幕末には松前藩の家老職だったようです。函館市や北斗市は松前藩の一部でしたから、今もこのあたり一帯に蠣崎家の所有する土地があるんですよ。その一族もたくさんいます」

情報を得るには、やはり人間に当たるに限る。そう思いながら微笑んだ。新川は、ふっと真顔になる。

「あなたって、最近の俳優の何とかって子に似ているのね。さっきあなたがこの課に入ってきた時から、もう女子職員の目がハート。素敵だって」

貴和は苦笑し、素早く的確な言葉を選んだ。

「あなたも、とても素敵ですよ」

新川は、見る間に頬を染める。恥ずかしそうにもうれしそうにも見えるその目には、知っている事なら何でも話したがる少女のような輝きがあった。女は不思議だと貴和は思う。時間の流れを平気で飛び越える。男には、中々できない芸当だった。

「新川さんにお伺いしたいんですが」

ドアがノックされ、隙間から二人の女性職員が姿をのぞかせる。

「あ、すみません。来客中でしたか」

新川は、上げた片手を軽く振った。

「いいの、いいの、入って」

そう言いながらこちらに目を配る。

「データ処理室のオペレーターなんです。決められた休憩時間があって、ここを使う職員も多いので。一緒でいいかしら」

貴和は会釈しながら微笑んだ。人間の数と口の軽さは、比例する。

「僕こそすみません。すぐ退散しますから」

二人がはにかんだ表情でソファに座るのを見て、テーブルの端に置いてあった移記閉鎖登記簿を開き、女性たちの方に押し出した。

「この宗教法人の登記簿に載っている聖なる光修道院についてなんですが」

自分の顔に注がれている三組の視線を紙面に落とすべく、記述に沿って指を滑らせる。

「創設者の橋本重蔵、二代目の代表役員の神崎豊、三代目の小沢剛、現在の柏木康平、この四人についてご存知の事、地元で話題になっている事などあれば、話せる範囲で結構ですので聞かせてください」

若い二人は顔を見合わせ、頭《かぶり》を振った。貴和は新川の方に身を乗り出し、期待をこめて注視する。新川は次第に慎重な表情になった。

「修道院が創設されたのは、まだ私が生まれる前ですけど、当時は様々な噂《うわさ》が飛び交ったみたいですよ」

記憶の中に踏みこみ、丁寧に篩《ふる》い分けているらしく、ゆっくりとした口調だった。

「その頃、私の父が教育委員会にいたんです。母は教職で」

若い二人は、またも顔を見合わせる。

「公務員一家だもんね」

「ん、安定しててうらやましいって」

新川は、二人に視線を投げた。黙れと言わんばかりの目付きに、二人はあわてて口をつぐむ。

「創設者の橋本重蔵さんは大学の先生です。私の母の実家の近くに家があって、母が親しいんですが、あのあたりでは一番の大百姓で、権任寺《けんにんじ》という立派なお寺の檀家《だんか》総代も務めているお家柄と聞いています。それなのに現役を退いてから退職金と恩給でローンを組んで、千畳山の教会を買い取り、新しい宗教を起こしたんです。真面目で堅い人柄だったそうで、そんな大胆な行動に出るとは誰も思っておらず、大騒ぎだったようですよ。退職直前に奥様を亡くされたとかで、それが原因だろうって噂も流れたようですが」

そこから、カリスマ的な教祖を想像する事は難しかった。俗世での人生に見切りをつけ、退職金と恩給を擲《なげう》って修道院に籠った世捨て人の感がある。

「もっとも大学では神学を専攻されていたそうですから、素地はあったのでしょうけど。日本の大学ではなくて、フランスの、えっと、ツール何とか」

思わず声を上げる。

「トゥールーズ大学ですか」

もどかしげだった新川は、胸のつかえが一気に取れたような晴れ晴れとした笑顔になった。

「ええ、確かそこ」

咲蘭が同じ街に滞在していたのは偶然だろうか。時代は違っているが、同一の流れに乗っているように思えなくもない。

「神崎豊さんも小沢剛さんも柏木康平さんも、やはり教職を退職した人です。えっと中学か、小学校だったと思うけど。こっちは父から聞いたんですが、三人とも現役時代から桜坂の修道院の勉強会に通っていて、校長先生から注意されて口論になった事もあったみたいです。それぞれ退職してから、桜坂に入ったとか」

代表役員はおそらく、勉強会に参加している信徒の中から選ばれているのだろう。そうだとすれば、かなり平等で民主的な教団だった。創設者の職業が教授であり、その後継者が全員、教師というのも、堅実で知的な教団の雰囲気がある。怪しげなところは、微塵《みじん》もなかった。

「今は噂も静まって、あの修道院の事情を知らない人も多くなって、この街の宗教施設の一つとして扱われるようになってますけどね」

どんな新興宗教も、そうした道を辿《たど》るのかもしれない。

「どうもありがとうございました」

台帳を閉じ、新川の方に差し出して頭を下げながらふと思う。真面目で堅い元大学教授というのは、新しい宗教を創設するにしては地味すぎる。定年まで教職を務めるのも一つの情熱だろうが、新興宗教を創設するにはもっと別の熱が必要なような気がした。

「ご苦労様。函館を楽しんでってね」

三人の笑顔に送られて法務局を出る。まだ昼前だった。今頃、上杉は勉強会メンバーに接しているに違いない。本当なら逆の方が適任だった。

上杉が法務局で調べ、貴和が勉強会メンバーに聞き取りをする。だがメンバーの顔を見ているのは上杉だけだったし、いかにも人馴《ひとな》れしていない繊細なその雰囲気は、大人に中学生の真面目さを感じさせ、微笑ましく思わせるだろう。世慣れた雰囲気があると言われている貴和が接近するより、効果を期待できた。もちろん貴和も、同じ事を上杉がした以上の成果を持ち帰るつもりでいる。

法務局の玄関を出たところで立ち止まり、新川から聞いた権任寺を検索した。徒歩五、六分で行けそうだった。目の前の大通りを横切り、川を渡ってしばらく歩く。やがて道路の左手に公園が現れ、それに接するように権任寺という大きな標札のかかった仏閣が見えた。

厳《いか》めしい扁額《へんがく》を掲げた三門を入り、真っ直ぐ本堂に向かう。石畳の両側には見事な五葉松と鉄《てつ》燈籠《どうろう》が並んでおり、よく手入れされていた。本堂の前で左に折れ、裏手に回る。予想通り、そこが墓地になっていた。

橋本家と書かれた墓石がいくつかあり、その全部の墓碑に目を通す。橋本重蔵の名前は、どこにもなかった。当時の大学教授の定年は、おそらく六十歳だろう。修道院を創設したのが昭和二十六年で、平均寿命まで生きたとすれば、昭和四十年前後には亡くなっているはずだった。その年を中心にもう一度見直すものの、やはり見つからない。修道院の墓地に埋葬されたと考えるのが妥当だろう。

権任寺を出ながら、土地の所有者である北斗市の蠣崎氏を訪ねれば何かわかるかもしれないと思いつく。大通りまで出て市電に乗り、函館駅前で降りた。観光客用の店で簡単に昼食を取る。スマートフォンで検索し、北斗市行きのバスに乗るつもりで近くにある発着所に向かった。その途中で、駅の階段を下りてくる咲蘭《さら》を見つける。

一瞬、迷った。だがここで自分が失敗しても、上杉との関係は気づかれていないのだから失うものはない。階段を三段飛ばしで駆け上がり、咲蘭の前に立った。

「マダム、また会いましたね。やっぱりアデュウじゃなかった」

咲蘭は驚いたようにこちらに目を向け、わずかに微笑《ほほえ》む。

「本当ね」

その眼差《まなざし》から、次第に笑みが消えた。

「あなた、何か悩みを持っているでしょう」

心に突き刺さってきそうな目だった。光に似て強く、真《ま》っ直《す》ぐでまぶしい。若武は、これに攻略されたのかもしれなかった。まぁ誰しも、悩みの一つや二つはある。宗教関係者が他人に接近する口実としては悪くなかったが、若干、古い。その手で皆が落ちると思っているとしたら、かわいいものだった。笑みを含みながら貴和は、それまで考えてもみなかった事に気づく。

色々な人間に声をかけて勧誘し、修道院の中に引きこんでいるとなれば、その家族との間でトラブルが起こっているはずだった。カルト被害者のサイトを探れば、何か見つかるかもしれない。

「聞いてあげましょうか」

さて、この場をどうする。無駄に時間を使っていてもしかたがなかった。冒険ついでに、核心に踏みこんでみるか。

「同じ台詞《せりふ》を、若武にも言った訳ですか」

咲蘭の顔が、一気に変貌した。透明な皮膚の下を流れる細く青い毛細血管が浮き上がり、まるで蛇の皮のような斑《まだら》模様がその顔を彩る。迸《ほとばし》り出る罪の意識が、瞳の奥底で暗い輝きを放っていた。貴和は目を奪われながら思う、これは上杉が言っていた以上にヤバいと。若武の行方を間違いなく知っているだけでなく、それ以上の大きな秘密を抱えている顔だった。

「何の事かしら」

震える声で言うなり、咲蘭は貴和の脇をすり抜けようとした。貴和はとっさに腕を突き出し、咲蘭の行く手を遮《さえぎ》る。本当なら引きずり寄せたいところだった。だが人通りが多く、咲蘭の体に触ると、通行人の誤解を招く恐れがある。事情を知らない通りすがりの人間が、咲蘭に味方するかもしれなかった。

「言ったんですね、若武に同じ事を」

強引に決めつけ、話を先に進める。

「あいつを、どこにやったんです」

手の内を見せた以上、逃がす訳にはいかない。若武の居場所を吐かせるつもりで体を寄せた。

「若武は中学生、まだ未成年です。あなたは、あいつの両親から訴えられてもしかたのない立場ですよ」

咲蘭は見開いた目でこちらを仰ぐ。息を呑《の》み、竦《すく》みながら様子を窺《うかが》っていた。どこまで知っているのかを見定めようとしている。貴和は罠《わな》をかけた。

「でも今ここで打ち明けてくれれば、俺が間に立ちます。穏便にすむように話をまとめますから。若武はどこですか」

瞬間、後ろから肩を摑《つか》まれる。

「何やってるんだね」

振り返ると、制服の警官が二人立っていた。警邏《けいら》中だったらしい。

「姉と話しているところです」

素早く答えたものの、警官の顔を見れば、疑われているのは明らかだった。内心、舌打ちしたい思いで、今後の展開を考える。ここで咲蘭を逃がせば修道院に駆けこむだろう。何の証拠もない今、そうなったら手の打ちようがなかった。

「プライベートですから、放っておいてください」

貴和の声に、咲蘭の細い叫びが重なる。

「嘘《うそ》です。言いがかりをつけられたんです」

警官は、そろってこちらに向き直った。

「君、交番で話を聞くから来なさい」

そう言ってから咲蘭に目を向ける。

「あなたも、同行願います」

突然、咲蘭が駆け出す。貴和は追いかけようとした。警官の叫びが上がる。

「止まれ。止まらないと公務執行妨害で逮捕するぞ」

足を止めるしかなかった。二人の警官が左右から腕を摑《つか》み上げる。思わず振り払った。

「何で俺だけ捕まえるんです。あっちを捕まえてくださいよ。彼女が被害者だとしたら、警察から逃げるって、おかしくありませんか」

咲蘭は人混みに紛れこみ、姿を消す。貴和は、腹立ちまぎれに二人の警官をにらみ回した。

「俺だけ交番行きですか。構いませんが、俺の話だけ調書にして、何か意味ありますかね」

警官たちは気まずそうな視線を交わし合い、黙ったまま前後して引き上げていく。貴和はすぐスマートフォンを出し、上杉にメールを打った。

「至急、戻れ。相談あり」

逃げた咲蘭が、どんな行動に出るか。それを想像すると、胸が焦《こ》げるような気がした。これで若武の身に何か起こったら、責任は自分にあると思いながら奥歯を嚙《か》む。居たたまれない思いで市電に飛び乗った。片手で吊《つ》り革《かわ》に摑《つか》まりながら、カルト被害者のサイトを検索する。永遠に続きそうなほどボリュームのあるそのリストから地域を限定し、さらに宗派で絞りこんだ。

丹念に目を通したが、聖なる光修道院に関係する被害者の組織はない。トラブルの記載や、コメントもなく、念のため修道院名で検索をかけたが同様だった。強引な勧誘や信徒確保は行われていないのだ。アントニオの話では評判がよいという事だったし、よほどの証拠がなければ、警察も市役所も動かないだろう。先が見えない。貴和は天井を仰いで目をつぶり、電車の揺れに身を任せた。心で問いを繰り返す。どうする、どうするんだ。

第3章　修道院

1

「咲蘭《さら》は、若武の居場所を知っている」

和典が急いで礼拝室に戻ると、黒木はすでに帰っていた。和典の姿を認めるなり、寄りかかっていた壁から身を起こす。艶《あで》やかなその目に、踠《もが》くような光があった。

「それだけじゃない。何らかの犯罪に関わっているか、あるいは企んでいる最中だ。百%《パー》間違いないが、証拠は一切ない」

焦《じ》れた眼差《まなざし》の底で、疲れがちらつく。相当参《まい》っているようだった。思惑通りに事が進まず、ダメージを受けたのだろう。自分に自信を持っているだけに、わずかな狂いにも弱いのは和典も同様だった。

「くっそ、あの警官、咲蘭を見逃して俺だけ捕まえやがった。何でだ」

そりゃ誰の目にも、おまえが女誑《おんなたら》しに見えるからだろう。そう思ったが、言わなかった。もう少し機嫌のいい時にしよう。まず宥《なだ》めなければならない。

「咲蘭については、よくわかった。よくわかったから、取りあえず置いとけ。あの女の行動は、俺たちにゃコントロール不能だ。泳がせとくしかない」

黒木はボストンバッグに手をかけ、持ち上げると、手首を返して背中に担ぎ上げた。

「俺、今夜からあの修道院を見張る。咲蘭が動くかもしれない。高飛びでもされたら困るからな」

身をひるがえして出ていこうとする。和典はちょっと笑った。いつもの黒木なら、これほど性急ではない。やはりダメージが大きいのだろう。

「咲蘭は、動かねーよ」

黒木の足が止まる。

「おまえからメールもらうまで、あそこの前で様子見てたけど、静まり返ってた。あの修道院には、俗世に出てこない完全信徒って連中が住んでて、咲蘭がその世話をしてるんだ。三食作んなくちゃなんねーし、掃除や洗濯も当然するだろうし、それやってたらどこにも行けねーじゃん。平信徒からの頼まれ事もあるだろうしさ」

黒木は、肩越しにこちらを振り返った。その顔がいかにもくやしそうで、和典はちょっと気分をよくする。たまにはこういう事があってもいいと思った。

「俺たちは俺たちで、できる事を詰めていこうぜ。今日の情報を交換し、状況を整理して動くって手順で、どう」

黒木は、苛立《いらだ》ちを投げ出すような大きな息をつく。

「オッケ」

床に腰を下ろし、脚を投げ出して再び壁に寄りかかった。和典もその隣に座り、肩を並べて同じ方向を見る。前方左手には袖廊《トランセプト》交差部があり、背後には華やかなステンドグラスを配した後陣回廊が広がっていた。世界中を網羅するカトリックの何千万という教会の多くが同じ形式で建てられている事を考えると、その組織と力の巨大さが胸に迫る。最近アカデミー賞を取った作品だけでなく教会の腐敗を描いた映画やドキュメントを時々見かけるが、巨大組織ともなれば腐敗とも無縁ではいられないのだろう。

「じゃ俺からね」

黒木は気だるげに片膝を立て、その上に組んだ両指を載せる。顔には、やるせなさそうな影が漂っていた。

「聖なる光修道院の創設は、六十五年前。それ以前のカトリック教会の時代から、建物は借地だ。土地の持ち主は、北斗市の蠣崎《かきざき》氏。蠣は、食べる牡蠣《かき》の蠣だ。松前《まつまえ》に本家のある旧家らしい」

耳が尖《とが》るような気がした。ではあの蠣崎結衣は、その一族なのか。連絡先を聞いておかなかった事を後悔しながら、あの時の怒りを思い出す。自分を許しつつ、黒木の報告を聞き終えた。

その後、和典も、修道院の評判や教義、咲蘭の出自について話す。違う角度からのお互いの情報は新鮮で、まるで二本の支流が合流して太い本流になっていくのを見ているかのようだった。その勢いを借りれば、真実に近づく事もできそうに思えてくる。胸を高鳴らせながら和典は、問題点を整理した。

「俺が気になるのは、やっぱ財源」

経済は社会の背骨であり、犯罪の誘因だと思っている。

「あの修道院は、寄付も会費も取ってないし、バターもクッキーも作ってない。つまり現金収入がないんだ。内部には引きこもりの完全信徒がいる。数ははっきりしないが、そいつら全員を食わせ、電気代や水道代も払わなきゃなんねーのに現金収入がないとなると、基本財産を食いつぶすしかない。最初の基本財産百万は、ドンドン減ってきていたはずだ。ところが登記簿では、代表役員が変更になるたびに基本財産が増えている。たぶん新しい代表役員が自分の財産を寄進するシステムなんだろう。四代目が就任した時点で五百万、それから現在まで八年が経っている。その間、代表役員は替わってないんだから寄進もないはずだ。つまり五百万で八年間暮らしているって事になる。これは絶対に無理だ。単純に割ったら一年六十二万五千円じゃん。一か月にすれば五万二千円ちょっとだぜ。集団生活できっかよ。なのに、してるんだ。絶対何かあるに決まってる」

口をつぐんで黒木の顔を見ると、笑っていた。

「数字で、きたね。いかにも、おまえっぽいけど」

笑顔は柔らかい。先ほどからの精神的沈下は止まりつつあるらしかった。

「じゃ次、おまえね。黒木先生らしいとこ、見せてよ」

黒木は目を伏せる。長い睫毛《まつげ》の影が、鳥の羽のような線を頰に描いた。子供は七割、異性の親に似ると聞く。母親はきっと美人だったんだろうなと思い、あわてて意識を改めた。きっと美しい卵子だったんだ。

「気になるのは三点だ。一つ目、創設者橋本重蔵はトゥールーズ大学で神学を学び、妻を失ってあの修道院を創った。咲蘭は上智《じょうち》で神学を学び、恋人を失ってトゥールーズに行き、帰国してあの修道院に入った。どちらも神学とトゥールーズ絡《がら》みで、しかも大事な相手を失ったという共通点を持つ。二つ目、宗教ならどれもたいてい人間の救済を目的としている。橋本は神学をやっていたんだから、そのあたりはわかっているはずだ。それがなぜ既存の宗教に入らず、新しく自分で創設したのか。咲蘭も、他の宗教でなく、どうして橋本の起こしたあの修道院に入ったのか」

咲蘭の修道院入りについては、和典も疑問に思っていた。恋人の死の痛手から回復したかったのなら、別の宗教でもよかったはずだ。それを遠路はるばるトゥールーズまで行ってからあの修道院に入ったのは、なぜなのか。

「三つ目、さっきおまえから聞いたあの修道院の教義は、そう複雑なものじゃないけど、それでもゼロから創り上げるには相当のパワーがいる。一つの宗教を起こすような人間は、それを持っているはずだし、強い自己主張があるものだろ。ところが修道院の創設者である橋本の履歴や評判からは、そういう雰囲気が伝わってこない。地味すぎるんだ」

人間の心に着目するのは、実に黒木らしかった。毎日の生活や友人関係でも、いつも他人の感情の動きをよく見ている。出生のせいだろうか。和典は、黒木がこう言うのを聞いた事があった。

「俺の命は、皆とは全然、別のものだよ。シャーレの中で、どんな情動とも無縁で作られた。無機的な生命なんだ」

その時の眼差《まなざし》が忘れられない。無というものが、あれほどはっきりと存在しているところを見たのは、それが初めてだった。黒木自身、ともすれば、それに呑《の》みこまれそうになるのだろう。人間らしくありたいと願う気持ちが、黒木を人の心の観察者にするのだ。

「橋本と咲蘭は時代が全然違うから、出会っていないはずだ。だけど二人がトゥールーズで学んだものは、同じかもしれないな」

和典は、黒木に聞いてみようと思っていた事を思い出す。

「オック語って、どこの言葉」

黒木は説明しかけ、それを止めてスマートフォンで検索した。

「ああ、やっぱ南仏の昔の言葉だね」

思わず顳顬《こめかみ》が動く。

「南仏って、トゥールーズのあるとこじゃね」

黒木は当たり前だといったような顔で、スマートフォンから目を上げた。

「トゥールーズは、南仏からイベリア半島に広がっていたヴィシゴート王国の首都だ。九世紀から十三世紀にかけては、トゥールーズ伯爵の領土になっていた。当時、フランス王国はパリを中心とする北部だけで、南部一帯には独立した貴族領や教皇領が乱立していたんだ。トゥールーズ伯領もその一つ。オック語はそこで使われていた公用語だ。ヨーロッパで一番魅力的な場所と言われるほど繁栄し、芸術の中心地で、多くの学術研究がなされ、書物も作られていた。ところが一二〇〇年代にフランス王国の国王、えっと誰だっけ、カペ家の誰かだよ、そいつとの戦いに敗れ、フランス王国に併合されたんだ。それ以降、フランス語が公用語になり、オック語は方言扱いされるようになった。トゥールーズの街も、その戦いで衰退したと言われている」

トゥールーズ、頻繁に現れるその都市名に胸がざわめいた。

「あの修道院の教義書のうちの四冊は、オック語だってさ」

黒木が噛《か》みつぶすようにつぶやく。

「マジか」

その顔から血の気が引き、ゆっくりと表情が遠のいていった。生色を失い、磁器人形のように固まった頬の上で、ただ二つの目だけが冴えた光を放つ。

「見えたぞ、修道院の正体」

思いがけない事だった。驚く和典の前で、黒木は次第に表情を取り戻し、活気づいていく。

「新興宗教じゃない。壊滅したトゥールーズ伯領の宗教を復活させたんだ。すでに完成した教義があったから、カリスマ性のない人間でも充分やっていけた」

いつになく興奮した様子で捲《まく》し立て、勢いよく立ち上がる。

「司祭様に確かめよう。来い」

2

嬉々《きき》として飛び出していく黒木の後を追いかける。ダメージからは完全に立ち直ったようだった。よかったと思いつつ、司祭の家のカウベルを叩《たた》き壊《こわ》さんばかりに打ち鳴らす黒木の様子に呆《あっ》気《け》に取られる。こいつも結構、頭に血が上るタイプだったんだなと、黒木を見る目を新たにした。

アントニオがドアを開けてくれる。黒木は無言で奥に入っていってしまい、説明する責任は、残された和典に降りかかった。

「トゥールーズで一二〇〇年代に壊滅したトゥールーズ伯領の宗教について、聞きにきました」

アントニオは絶望したような表情になり、天を仰いで十字を切る。

「何で今さら、八百年以上も前の事を」

いかにも話したくなさそうだった。その後方にある部屋からは、司祭の叫びのような声が聞こえてくる。口早に話す様子は、黒木に負けず劣らず高ぶっていた。

「アルビ派ですよ」

部屋の方を気にしながら、アントニオが渋々口を開く。

「新マニ教とも呼ばれ、ドイツではカタリ派と言われました。トゥールーズを中心に根を張っていて、その教義は、完全な二元論だったと言われています」

和典は、敬愛会館での話を思い出しながら聞いてみた。

「つまり神と悪魔がいて、この世と人間は悪魔によって生み出されたもので、イエスはドジな天使の一人で、人間は本来の住まいである天上に戻る事によって救済されるという教義ですか」

アントニオは哀《かな》しげに頷《うなず》く。

「それで当時の教皇庁は、アルビ派を異端と認定したんです」

確かに特異な教義だった。天使やイエスを間抜け扱いにされては、バチカンも黙っていられないだろう。

「異端となれば、滅ぼさねばなりません。掃討のために聖ドミニコが任命され、数多くの宗教裁判の指揮を執ったのですが、根絶やしにできなかったのです。結局、教皇とフランス国王が手を結び、一万とも言われる大軍を南仏に派遣して鎮圧しました。アルビジョワ十字軍と呼ばれています」

伏せた目の端でアントニオは、ちらりと和典の顔色を窺《うかが》う。軍事力に頼った当時のバチカンのやり方を気にしているらしかった。

「一般市民や農民を巻きこんだ戦いは熾烈《しれつ》を極め、残忍な行為が横行し、死体の山が築かれたとの記録があります。最後は本拠地に立てこもったアルビ派を包囲し、全員を火刑台に追い上げる事で戦いが終結しました。連日行われた火刑の炎は、天をも焼きこがすほどだったそうです」

その様子を想像して和典は、やり切れない気持ちになった。宗教が原因の戦いや惨殺は、当時に限った事ではない。今も、地球上で続いている。

「繁栄を極めていた首都トゥールーズは、十字軍に荒らしつくされ、焼け野が原となりました。また戦場となった南仏全域が荒廃、壊滅的な打撃を受けたのです。トゥールーズ伯爵はやむなくフランス王国と停戦を結びました。しかし裏切られ、結局フランス軍に占領され、併合されてしまったのです」

つまりこの十字軍によって、フランス国王はトゥールーズ伯領を手に入れたという事になる。そこから逆に考えれば、トゥールーズ伯領を狙ったフランス国王が、異端殲滅《せんめつ》を口実にバチカンを巻きこみ、まんまとその土地を奪取したという推測も成り立たない訳ではなかった。

「十字軍を組織した事、および世俗権力と手を結んだ事について、教皇庁は様々な方面から非難を浴びました。カトリック史上に残る大きな汚点だと言う人もいます。しかし」

アントニオは、まるでバチカンの代弁者であるかのように力をこめる。

「当時のカトリックの教義に、寛容という概念はありませんでした。異端は速やかに抹殺すべきものだったのです。当時の事は、当時の感覚でしか説明できません。そういう時代もあったとしか言えないのです」

目を据《す》えてにらまれたが、和典にしても、ここでカトリックを責めるつもりはない。それほどの知識もないし、意欲も興味もなかった。受け流そうとして軽く微笑《ほほえ》む。

「はい、よくわかります」

奥の部屋から聞こえてきている司祭の声も、落ち着き始めていた。それを耳にしてアントニオも表情を緩《ゆる》める。

「その後アルビ派は、イタリアの信徒を中心に活動を再開し、南仏にも再び広がりました。しかし聖ドミニコの遺志を継いだドミニコ会の活動により、しだいに衰退したのです。一三二一年に最後の信徒が火刑になって、完全に滅亡したといわれています」

ではなぜ今あの修道院で、その教義が受け継がれているのか。奥の気配に耳を澄ませていたアントニオが、司祭の言葉を聞き取って和典に目を向ける。

「バチカンに問い合わせの電話を入れているようです。行ってみましょう」

一緒に奥に向かった。ドアを開けると、司祭はスマートフォンで電話をしており、黒木がじっとそれを見つめている。二人とも立ったままで、まだ緊張している様子だった。和典に気づいた黒木が、参《まい》ったといったように首を横に振る。

「今、情報局の知人に聞いてくれている。アルビ派の事は、カトリックにとって今なお触れられたくない脛《すね》の傷なんだろうな。俺が話を持ち出したとたんに興奮して、あれは正しかったと言い張るんだ。あらゆる国家と宗教の秩序を脅かす危険な異端だったんだって。別に責めた訳じゃないのに」

アントニオが、しかたなさそうに頷いた。和典には、まるで理解できない。たぶん無神論者だからだろう。神というのは、人間の創造物だと考えている。教義を理由に殺し合う人々の気持ちよりは、それを利用してまんまとトゥールーズ伯領を手に入れたフランス国王の気持ちの方がよくわかるくらいだった。

「で、なかなかその先に進めなかったんだ。聞きたかったのは、今のアルビ派についてだったんだけどね」

キリスト降誕のクリスマスにプレゼントを交換してケーキを食べ、その一週間後には煩悩を払うという仏教の除夜の鐘を聞き、直後に神道のお宮参りに行く典型的な日本人として、和典はそういう緩《ゆる》さを楽しんでいるし、それでいいと思っている。世界中がそうなれば、今よりは住みやすい地球になるだろう。

話を終えた司祭がスマートフォンを下ろし、黒木に何やら説明する。軽く点頭しながら聞いていた黒木の顔が突然、緊張したのは、司祭のひと言によってだった。

「Métempsycose」

黒木は一瞬、息を呑《の》み、それからゆっくりと力を抜く。その目に陶然とした光が浮かび上がった。うっとりとした表情は、背後の壁に飾られた聖テレジアの微笑みによく似ている。黒木は時々、女のようにきれいに見えた。

「Daccord、Merci beaucoup」

司祭と握手を交わし、左右の頬を擦り合わせて肩を抱き、これでもかというくらいのスキンシップの後、ようやく退室となる。うんざりしながら和典は、その後に続いた。

「何だって」

庭に出て、礼拝室へと戻りながら説明を催促する。見れば黒木の目には、まだ夢見るようなきらめきが残っていた。

「オック語の『ヨハネ問答録』と『イザヤの幻視』、『二原理の書』、『典礼書』、それらを使っていれば、アルビ派に間違いないそうだ。おまえから聞いた教義も説明したら、ドンピシャだった」
七、八百年も前に滅亡したその宗派が、どうして現代の日本に甦《よみがえ》ったのか。橋本も咲蘭《さら》も、あの教義のどこを気に入ったというのか。和典は、黒木の顔を盗み見る。その陶酔の原因、それも大きな疑問だった。
「バチカンからの情報によれば、アルビ派は一三二一年に滅亡したものの、一九四三年になってその思想を研究する人物オーヌ・ポワトゥが現れ、完全信徒として生活し始めて研究会を発足させたそうだ。ポワトゥは、ちょうど百年間生きて活動、後継者を残して一九七八年に死んでいる。その活動期は、橋本重蔵がトゥールーズ大学に在学していた時期と重なるんだ。二人は、会っている可能性がある」

声は、海の底に沈んでいくかのような曇った響きを帯びていく。

「橋本は妻を亡くしている。咲蘭も恋人を亡くしている。そして二人とも神学の知識があった。

俺の考えは、こうだ。橋本は妻を亡くした時、アルビ派の教義を思い出した。で、修道院を創り、完全信徒として第二の人生を歩み出した。その事は当然、フランスにいるポワトゥの後継者に連絡しただろう。後継者は、橋本の創設した修道院を自分のネットワークに加えたに違いない。また咲蘭も、恋人を失ってアルビ派を思い出した。トゥールーズを訪ねて情報を集め、ポワトゥの後継者に会い、日本支部があるという話を聞いたんだろう」

革の靴底で砂を踏みにじりながら黒木は一瞬、こちらを見た。

「かけがえのない人間を失った二人が、なぜアルビ派を求めたのか、わかるか」

前髪の影を宿した瞳の底で、甘やかな輝きが震える。

「愛《いと》しい者を亡くした人間が考える事は、ただ一つだ。もう一度会いたい」

まぶしくて、和典は目を細めた。

「アルビ派には、おまえがまだ知らない教義があるんだ」

驚いたが、意外には感じなかった。自分が聞き齧《かじ》っているに過ぎない事は知っている。

「一つは、結婚が禁じられている事。結婚は、罪悪という教えだ」

加藤の言葉が思い出された。カトリックの秘跡《サクラメント》の中には、聖なる光修道院の戒律に触れるものも含まれていると言っていた。それは結婚だったのだ。だが結婚を罪悪とする理由がわからない。

「結婚を禁じる教義なんか守ってたら、人類、滅亡するじゃんよ」

声は、半ば抗議のように響いた。黒木の目に笑みが浮かぶ。

「ところが、しないんだ。なぜなら死んだ人間が生まれ変わるからだ。輪廻転生《りんねてんせい》、それがおまえの知らない二つ目の教義だよ」

その瞬間、和典には、黒木の陶酔の理由がわかった。

「人間は皆、何度でも生まれ変わり、何度でも生きられる。すべての魂は不滅で、俺たちには永遠の時間が与えられている」

和典も、たちまち心を奪われる。それを信じさえすれば、自分の可能性は無限に広がるのだった。今の境遇について悩む必要もない。それは自分に与えられている多くの人生の中の一つにすぎないのだから。今の失敗や受けた傷について苦しむ事もない。新しく再び、そして何度でもチャレンジできるのだから。

時間や空間を突き抜け、どんな束縛からも解き放たれた世界に踏みこんでいくような気がした。そこは限りなく自由で、可能性に満ちている。黒木は今の特異な出生ではなく、普通の生まれ方をする事ができるだろう。自分も、あの母でない母親から生まれ、新しい家族に囲まれて人生をやり直せる。

そんな事ができたら、どんなにいいだろう。そのためには、この教義を信じさえすればいいのだ。傾いていく自分を感じる。まるで根元をすくわれた草のようだった。思わず黒木を見る。黒木もこちらを見た。無言でお互いの気持ちをやり取りする。

黒木は浅く笑い、目を伏せて歩き出した。通路に硬い足音を響かせ、踵《かかと》を突き刺すように歩く様子は、大きな力に抗《あらが》うかのようだった。夢の中に埋もれようとする自分を現実に縛り付けるための杭《くい》を、一本一本深く足元に打ちこんでいる。それが黒木の答なのだった。強いなと思う。そうやって自分を立て直していける。和典は、同じようには歩けなかった。永遠の時間を保証してくれるアルビ派の世界は、魅力的すぎる。

「キリスト教で否定されている生まれ変わりを、アルビ派は認めている。インドの宗教や仏教にも輪廻思想があるけど、神学を学んでいた橋本や咲蘭にとっては、アルビ派が一番心に響き、信じるに足るものだったんだろうな」

咲蘭があの修道院に入った訳が、ようやく理解できたと思った。愛する相手の甦《よみがえ》りを期待したのだ。自分が失ったものを再び手に入れようとして、その教義を信じたのだった。心に喪失を抱えている事に耐えられなかったのだろう。

和典は、愛する人を亡くした事も掛《か》け替《が》えのない物を失った事もない。人生で大切な何かを失った人々がどれほどの勢いで、どれほどの狂おしさでそれを渇望するのかを、自分の痛切な感情として噛《か》みしめた経験がなかった。

もし大きな苦しみに見舞われたら、自分一人では乗り越えられず、一も二もなく宗教に縋《すが》りつくのかもしれない。今はまだ不幸に出会っておらず、ただ人生を甘く見て、無神論などと大口をたたいているだけかもしれなかった。現にアルビ派の教義に心惹《ひ》かれている。

考えれば考えるほど気持ちが揺らぎ、不安になった。黙っているのが辛くなる。自分が一人ではないと感じたくて、黒木の背中に呼びかけた。

「あのさぁ」

胸に抱いた深刻な思いを知られるのが恥ずかしく、軽さを装う。

「その輪廻転生って、もしかしてアルビ派の教義の中核じゃね。俺、なんで聞かされなかったんだろ。咲蘭も、あの加藤って人も、チラッとも言わなかったぜ」

黒木は腕を伸ばし、教会堂のドアを開ける。冷ややかな空気が流れ出してきて頬に触れた。

「オック語の教義書を訳して聞かせていたのは、咲蘭だろ。彼女がその部分だけ、わざと読み飛ばしていたとしたら、加藤を始めとする平信徒たちが知らなくても当然だ。もちろん咲蘭が、おまえに言うはずもない」

わかったような、わからないような気分で、和典は教会堂の中に踏みこむ。

「なんで読み飛ばすんだ、理由は」

先に立って歩きながら黒木は両腕を後頭部で組み、天井を見上げた。

「さぁな、謎だね」

流すような口調は、行き詰まっているからだろう。窮地に立った時ほどそれを見せまいとするのは、和典も同じだった。何とか突破口を開こうとして話題を替える。

「謎っていえば、生まれ変わりって、どうやって見分けるのかな。咲蘭は、死んだ水木が生まれ変わってくるのを待ってる訳だろ。でも生まれ変わったら別の体になるんだから、顔も違うしさ、どうやって判別すんだ。インスピレーションか。あるいは同じ趣味とか」

話しながら水木がプロサッカーチームのTシャツを着ていた事を思い出す。趣味は、サッカーらしかったが、そんな男は山ほどいる。それだけの手がかりでは、とても見つけられないだろう。

「明確な決まりなんか、ないだろ。元々、信じる者は救われるの世界だ。本人が何らかのポイントで生まれかわりだと感じればいいだけよ。しゃべり方や雰囲気が似ているとか、同じ癖を持ってるとか」

並べ立てる黒木の後を受け、和典も思いつくところを上げてみる。

「顔や体の同じ位置に、痣《あざ》や黒子《ほくろ》があるとか、同じアレルギーを持ってるとか、あとは誕生日が同じだとか、ああ誕生日より命日かな。水木の死んだ日に生まれてきたとか」

口から出た言葉が耳から入り、自分の中に戻ってくる。瞬間、全身が凍りつく思いだった。今までなぜ気づかなかったのだろう。水木が死んだのは八月八日、その日は若武の誕生日なのだった。

「わかったぞ、二人の関係」

咲蘭は、生まれ変わった水木と出会ったのだ。咲蘭の心の中で水木良能《ながよし》は、死んだ日に別の体に転生し、若武和臣となったのだった。

「黒木、司祭に聞いてくれ。生まれ変わってきた恋人を見つけたアルビ派の信者は、その後どうするのかって」

黒木は不可解な表情でスマートフォンを出し、司祭に電話をかける。しばらく話した後、和典に目を向けた。

「アルビ派信者にとっての一番の望みは、天の国に帰る事だ。もし自分の恋人の生まれ変わりを見つけたら、一緒に魂を浄化して天を目指すだろうって」

それこそ咲蘭が企んでいる犯罪なのだ。若武と一緒に死ぬつもりなのだろう、最悪だ。

「超ヤベ。若武を助けないと」

駆け出していこうとし、後ろから黒木に飛びつかれた。

「落ち着いて上杉先生、まずは説明を頼む」

もどかしく思いながら、自分を捕えている黒木の両腕を摑《つか》み上げた。

「若武は咲蘭の、甦《よみがえ》った恋人なんだ。咲蘭は、若武と心中するつもりだ。早く止めないと」

3

黒木と二人で、聖なる光修道院に駆けつける。

「さて、現場に来たはいいが」

大きな息をつきながら黒木は、門の向こうに聳《そび》える建物を見上げた。

「どうやるんだ」

和典は、親指で自分を指す。こういう事もあろうかと種を蒔《ま》いてあった。

「咲蘭《さら》には、日を改めて勉強会に参加すると言ってある。いつ訪ねても不自然じゃないし、中に入れてもらえるはずだ」

今やそれだけが、唯一の手段だった。和典は、門柱についているドアフォンを押す。

「俺が若武を見つけてくる。連れ出せればいいけど、もし難しかったら証拠画像をスマホに送るから、即、警察に持ちこんでくれ」

黒木は、伏せた視線を和典の手元に流した。

「それ、いつまで押してるつもりだよ」

そう言われて初めて、誰も応答しない事に気づく。改めて見れば、これまで開いていた門扉が今は閉まっていた。手をかけて押しても、引いても、揺さぶってもいっこうに動かない。

もしかして逃亡か。若武も一緒なのか。ここから出ていかれてしまったら、もう追いようもなかった。息が詰まる思いで、落ち着けと自分に言い聞かせる。数字で押さえよう。それが一番確実だ。

和典はスマートフォンを出し、黒木からメールを受けた時間を確認する。今から二時間ほど前だった。その時、和典はこの修道院前にいて、門扉は確かに開いていた。至急戻れというから、全力で谷地頭《やちがしら》まで行き、発車しかけていた市電に飛び乗ったのだ。サッカー部の日頃の特訓が、これほど役に立ったのは初めてだった。大町で降り、やはり走りっ放しで教会まで戻る。修道院を出発してから四十分余だった。その後、司祭と話し、今度は二人で走ってここまできて二時間が経過しているのだから、往復をほぼ同じ時間とみれば、司祭との話は四十分ほどだったという事になる。

念のためにスマートフォンで距離を調べ、保存してある十字街から若武の親戚の家までの徒歩時間を利用して、坂の多いこの街での自分の平均速度を出す。その数字で、教会と修道院の間の距離を計算してみると、一時間半はかかる行程だった。

咲蘭の方は、黒木の話によれば、メール送信直前まで駅にいた。市電を使い、谷地頭からここまで歩いたなら、女の足なら一時間四、五十分はかかるだろう。咲蘭が急いだとしても、ここに戻って門扉を閉めたのは、そう前ではない。その後、逃亡準備をしてここから出たとすれば、その頃には和典たちが谷地頭からこちらに向かっていたのだから、どこかで出くわしたはずだった。

「咲蘭は、まだこの中にいる」

複数の完全信徒が居住している事を考えに入れれば、尚更《なおさら》、咲蘭がそれらを放り出してどこかに逃亡するという仮定は、現実的ではなかった。

「ただ出てこないだけだ」

黒木が眉根を寄せながら屋根の方に目を上げる。

「ああ、いるな。煙が出てる」

見れば、青い屋根の向こうに煙突があるらしく、うっすらとした煙が立ち上っていた。

「立て籠もるつもりか。厄介《やっかい》だな。正面から乗りこんでも、裏から忍びこんでも、どっちみち不法侵入だ。通報されたら、こっちが捕まるぜ」

策に窮し、口を引き結ぶ。こうしている間にも、咲蘭は若武と一緒に死のうとしているのではないか。そう考えると、胸が端からじりじりと焦《こ》げ出しそうだった。

不法侵入で自分が逮捕されるのと、このまま手を拱《こまね》いていて若武を死なせてしまうのとでは、どちらがましだろう。自分の身に災いが及ばない方がいいに決まっているが、だからといってここで若武を見捨てたら、一生自分を誇れないだろう。平均寿命まで生きるとして、これから七十年近くも若武の影を引きずり、勇気を出せなかった自分を責めたり、言い訳を重ねたりしなければならないのだ。そんな人生は、真っ平だと思った。

「当たって砕けろだ。とにかく俺は、中に入る」

門扉の上に付いている雲形の飾り鉄柵を摑《つか》み、その上に体を持ち上げる。後ろから黒木の揶揄《やゆ》するような声が聞こえた。

「意外に熱いね、上杉先生。若武といい勝負かも」

顔が赤くなる。熱い男はカッコ悪かった。いつでもクールなのが最高で、そうありたい。動きを止め、振り返って黒木をにらんだ。

「燃焼性血液体質のあいつと一緒にするな。俺はあれほど馬鹿じゃないし、損得勘定くらいちゃんとしてる。その上で入るんだ」

自分に恥じないためだ、とは言わなかった。

「もっといい方法があるよ」

余裕の笑みを浮かべた黒木が、修道院の建物を見回す。

「咲蘭が若武を道連れに天を目指すとしたら、きっと教義に沿ったやり方をするはずだ。司祭様に聞いてみよう。咲蘭の取る方法がわかれば、手の打ちようも出てくるかもしれない。やたらに突入するより効果的だ」

くやしかったが、もっともだった。和典は上りかけていた門扉から飛び降り、多少不貞腐《ふてくさ》れてつぶやく。

「早くしろよ。手遅れになりたくない」

黒木はスマートフォンを出し、司祭に電話をかけた。和典にとっては永遠に思われるほど長く話しこむ。その間、ずっと無表情だった。気が気でなく、少しでも話を汲《く》み取ろうと必死になるものの、まったく歯が立たない。流れるような言葉の洪水の端々から聞こえてくるアルビという単語だけが耳に残るばかりだった。

やがて黒木は、大きな息をついて表情を和《やわ》らげる。司祭との電話を切り、こちらに目を向けた。

「ラッキィだった」

そのひと言で、心の底から溜《た》め息が出る。よかったと思いながら次の言葉を待った。

「アルビ派には、エンドゥーラと呼ばれる自殺の儀式があるらしい。一部の信徒の間で、行事のように行われていたという事だ。今回もたぶん、その方法を用いるんじゃないかって。それは食断ち、つまり絶食だ」

緩《ゆる》んでいた心が、一気に引き締まる。

「その、どこがラッキィなんだ」

全身の力をこめて非難すると、黒木は抑えるように和典の前に両手を立て、掌を見せた。

「こちらが工作する時間ができたって事さ。司祭様によれば、アルビ派の食断ちは修行も兼ねていて、水だけは飲むらしい。死ぬ瞬間が来るまで祈るために意識をはっきりさせておくんだそうだ。死ぬまでには七週間から十二週間かかるって。若武が修道院入りしたのは昨日だ。俺たちがいくら間抜けだって、それだけ時間がありゃ何とかできるだろ」

一刻を争う事態ではないとわかり、胸をなで下ろす。

「しかも食断ちしながら移動するとは思えない。咲蘭は、ここから動かないはずだ。俺たちは、この修道院さえ見張ってればいいんだ」

確かにラッキィかもしれなかった。死ぬまで祈るというのは何とも厳しい話だが、この世は悪であるという教義だから、それから逃れるためには祈りが必要なのだろう。和典は、窓の少ない修道院を見上げる。この中で毎日祈りながら死ぬ事だけを考えている咲蘭を思うと、その一途《いちず》さに胸が痛んだ。

「昨日から食断ちに入ったとして、五日ぐらいを目途に救出すれば、まず問題ないだろう。あと三日プラス今日の残り時間だな」

無駄にできない。確実に救出できるよう準備しなければならなかった。

「方法としては、二つだ。自分たちでやるか、警察を使うか」

警察を動かすには、十字街に住む親戚か、若武の親に事情を話し、行方不明者届を出してもらわねばならない。だが、この修道院内にいるという証拠がないのだから、警察でも内部を捜索する事はできないだろう。担当者に熱意があれば、任意の訪問くらいはしてくれるかもしれないが、咲蘭に撃退されるに決まっている。咲蘭は、若武を放すまいとして必死になっているはずで、それに対して警察は、駅前で咲蘭を逃がして黒木だけ捕まえるような盆暗《ぼんくら》だった。へまな警察vs.必死な咲蘭では、結果は見えている。

「俺たちでやろう。それが一番確実だ」

二人しかいないのだから、外に連絡役を一人置けば、侵入するのは一人だけだった。先ほど黒木は若武の事で咲蘭に迫っているから、中に入って見つかった場合、取り返しがつかない。和典なら、勉強会に来たのだが門扉が閉まっていたからとか、何とでも強弁できる。

「俺が行く」

若武も咲蘭も、おそらく三階にいるだろう。だが内部がどうなっているのかわからなければ、動きようがない。

「修道院内の平面図《プラン》がほしいな。入手できないか」

黒木は空中に視線を留《と》め、考えこんだ。

「あの建物ができたのは明治時代だ。前に市役所の観光課と歴史保存会のサイトを当たったろ。だが写真も資料もなかった。つまり官公庁の記録には期待できない。建築を依頼した人間が設計図を保存しているかもしれないが、それってカトリック教会だぜ。バチカンの資料室の中から日本の明治時代の記録を捜し出すのは、三日じゃ無理だね」

手に入れられないとなれば、打《ぶっ》つけ本番でいくしかない。不安だったが、他に打つ手がないのだから考えていても無駄だった。古人曰《いわ》く、案ずるより産むがやすし、だ。予測不可の領域は雲を摑《つか》むようなものだったが、男は勇気、何とかなるだろう。

「最後の可能性としては、施工した業者だな。そこに記録が残っているかもしれない」

明治時代の業者を三日で探すのは無理だと言おうとして、言葉を呑《の》む。この街には、五稜郭《ごりょうかく》も手がけたという船越組があった。桜坂の教会堂は西洋建築で、当時としては珍しい。確かな技術を持つ規模の大きな業者でなければ請け負えなかったはずだ。船越組が手掛けた可能性は、大いにある。

「船越組を当たってみよう」

4

勇み立ちながらスマートフォンで検索する。船越組は函館市のメインストリートに、大きな社屋を構えていた。黒木と一緒に急いで街まで戻り、その門をくぐる。敷き詰められた石畳を歩き、階段を上って玄関ドアに行きついた。正面の受付カウンターに歩み寄りながら黒木が小声でささやく。

「俺一人でやる」

その目でカウンターの向こうにいる二人の女性の片方をしっかり捉《とら》え、足を速めて和典を追い越していった。お手並み拝見と思いながら、後ろにつき従う。

「函館の建築物について調べているんですが」

女性は目を上げ、黒木を見る。その顔に笑みが広がり、光が当たったかのように明るくなった。いつもこうだと和典は思う。黒木を鼻であしらう女を見た事がない。

中学生は、モテたい盛りだった。モテるというのは、いい成績を取ると同じくらい自分の存在意義を感じられる事なのだ。そのために、額にかかる髪一筋にも命をかける勢いの男子は珍しくない。鏡の前で使う時間は、半端ではなかった。

ところが黒木は特に努力もせず、自然体でいながら、ごく普通に女の目を集める。女を誘うフェロモンを出しているに違いないと言った同級生がいたくらいだった。替わりたいと思っている者も多いだろう。和典は、ふと思う事がある。精子と卵子と母体、それらを選別し、黒木をデザインした人間は、初めからこういう個体を創り出そうと意図していたのかもしれないと。

「この船越組は古い会社で、街の色々な建物を手掛けてきていると聞きました。船越組が造った建造物の一覧表を見たいんですが、ありますか」

女性はどこかに電話してから再び黒木に目を向ける。

「社史編纂《へんさん》室にあるようですが、現在、一般閲覧はできません」

黒木は、カウンターに片腕を載せた。そこに体重をかけるようにして身を乗り出し、すぐそばから真《ま》っ直《す》ぐに女性を見る。

「では話だけでも聞きたいので、社史編纂室の方と会いたいのですが」

踏みこむように見つめられて、女性は頬を染めた。視線を下げて受話器を取り上げ、しばらく話してからそれを置く。

「生憎《あいにく》、市役所との会議で、全員が出かけていて戻らないそうです」

黒木は一瞬、困ったように口を引き結び、カウンターに両の掌を突いた。

「春休みの課題で、この函館の建物を調べるために東京から出てきたんです」

女性は驚いて顔を上げ、黒木の眼差《まなざし》に搦《から》め取られる。その頃には、隣に座っていた女性も手が空き、同情したような表情で黒木を見ていた。黒木はもちろん、その女性への目配りも忘れない。

「僕は、函館が好きなんです。本当に素敵ですから。その成り立ちを、建物という視点から調べてみたいんです」

清潔そうな笑みを浮かべ、しゃあしゃあと嘘《うそ》を並べるのも黒木の得意技だった。

「何とかなりませんか」

女性たちは声を潜《ひそ》めて話し合い、手分けして電話をかけ始める。いく箇所かにかけてから、一人がほっとしたように微笑《ほほえ》んだ。

「この先の連絡通路の突き当たりに、社内見学会にいらした方々をご案内する視聴覚室があるんですが、そこに宣伝用のＤＶＤが置いてあります。そのＤＶＤの中に、弊社の明治時代からの建造物に触れている部分があるそうです。宣伝用に作られたものなので、取り上げているのは五稜郭を始めとする大きな建物だけで、時間も全部で十五分程度という事ですが、それで大丈夫ですか」

黒木は、二つの目に笑みを含む。

「取りあえず行ってみます。ありがとう」

身をひるがえして連絡通路に向かった。その後を追いかけ、肩を並べて階段を下りる。和典が相手では、受付の女性たちもあれほど熱心に電話をかける気になってくれるかどうか疑問だった。だが見ている方が恥ずかしくなるような軟派まがいのやり方には、多少の抵抗を感じる。ひと言抗議しておいた方がよさそうだった。

「おまえさぁ、えげつなくね。女心を利用するの、やめろよ」

黒木はクスッと笑っただけで無視する。またも大きな翼を広げ、和典の知らない世界に飛び立っていくかに見えた。おもしろくない。

黙ったまま、廊下の突き当たりの視聴覚室まで歩いた。黒木がドアを開け、すぐ近くの壁に付いていた電気のスイッチを入れる。かすかな音と共に光が走り、白い壁紙の部屋が照らし出された。誰もいない。

奥の壁に大きなスクリーンが掛けられ、その前に椅子が並べられていた。壁際にはパソコンを載せた机が数台並び、脇にＤＶＤを収納した棚がある。たくさんのＤＶＤが並べられていたが、船越組に関するものは「船越組と函館」と「船越組の歴史」の二種類だけだった。黒木が取り出し、片方をこちらに差し出す。

「音消して、画面だけチェックしろ。その方が早い」

和典は近くのパソコンを起動させ、ＤＶＤを入れて椅子に座った。映画の配給会社並みの派手なタイトルに苦笑しながら、映像を追う。

船越組の創設者は、新潟の裕福な庄屋《しょうや》の出だった。文字とアニメーションで説明されている略歴によれば、一八〇二年の生まれである。若い頃に江戸や水戸《みと》、長州《ちょうしゅう》の各地を遊学して学問を積み、日本のために北海道開拓が必要だと考えてそれを忘れず、五十三歳で家督を息子に譲ってから北海道に渡って長年の信念を実行に移したという事だった。

当時の五十三歳といえば、もう隠居の年だろう。しかも庄屋である。何の不自由もない立場であったと思われるのに、敢《あ》えて未知の土地に向かい、過酷な第二の人生を歩む選択をしたのだった。その直向《ひたむ》きさに胸を打たれる。

幕末には多くの英雄が出た。武士も農民も商人も、侠客《きょうかく》と呼ばれたヤクザでさえも、国のために命を捧《ささ》げている。長く政権を握ってきた幕府が瓦解寸前となり、世の中が転覆しそうな気配の中で、皆が熱に浮かされたように新しい世界を夢見、そこに自分の出番を感じ取ったのだ。

そんな激動の世に、自分も生まれたかったと和典は思う。混乱の中には多様な価値観があり、自由がある。今のように画一的で、間違えたらなかなか修正の利《き》かない人生は、しんどかった。まだ十三年しか生きていないのに、もう疲れ始めている。

「あったぞ、函館山教会堂」

黒木の声で、飛び上がるように椅子を立った。やはり船越組だったのかと思いながら、肩越しにパソコンをのぞきこむ。確かに、あの修道院だった。

「平面図《プラン》、出せよ。三階が見たい」

これできっとうまくいく。胸を躍らせながら画面を見すえた。外観の画像がいくつか続く。正門前から東側、南側、西側と回ってきて、次こそ平面図だと思った直後に画面は暗転し、函館の街並みとなった。

「ないな」

舌打ちした黒木が、苛立《いらだ》たしげにスクロールを繰り返す。

「教会の画像は、四枚で終わりだ。外観のみだな」

期待しただけに、落胆が大きかった。和典は先ほどの椅子に座りこむ。DVDを作るには、秒単位で製作費がかかる。会社の宣伝用としては、図面まで載せる必要はないとの判断だったのだろう。

「ちきしょう」

両手で髪をかき上げ、そのまま握りしめながら先ほど消した覚悟を復活させる。打《ぶっ》つけ本番だ、やるしかない。

「音声の解説があるけど、聞くか」

声で平面図を説明しているとは思えない。無駄な時間を使いたくなかった。

「いらね」

修道院前に戻り、侵入の作戦を立てた方がいい。

「行くぞ」

立ち上がる和典を無視し、黒木が音声を流す。

「一八三一年、教皇グレゴリウス十六世は、日本への布教をパリ外国宣教会に委任した。司祭と助修士が派遣され、その依頼を受けた船越組は、函館山に教会堂を建設する」

バックミュージックに乗って流れる解説を背中で聞きながら、和典は視聴覚室のドアを開け、廊下に踏み出した。

「狭い山の上に大きな教会を建てるというこの困難な事業は、司祭の提案により、ノルマンディ地方にある同条件のモン・サン・ミシェルをモデルとする事になり」

足が床に張り付く。

「現地から設計図を取り寄せての工事となった」

では、同じ構造なのか。世界的に有名なモン・サン・ミシェルなら、ネット検索すれば図面が出てくる可能性があった。和典は力の入った両手を拳に固め、振り返る。黒木は忙《せわ》しなく指を動かし、パソコンを操作していた。

「見ろよ、モン・サン・ミシェルだ」

こちらに向けられた画面に、波の白い飛沫《しぶき》を受けている花崗岩《かこうがん》造りの建物が浮かび上がる。屋根に青いエナメル瓦を載せたその外観は、聖なる光修道院とそっくりだった。

「フランス語のサイトを検索すれば、もっと詳細な情報が手に入るだろう。図面もアップされてるはずだ」

目を上げてこちらを見、どうだと言わんばかりの笑みを浮かべる。

「何でも、最後まで聞いてみるもんだろ」

素直に喜ぶのがくやしくて、難癖をつけた。

「外観が同じだって、中まで同じとは限んないぜ」

黒木は画面を自分に向け直し、目を伏せてキーを叩《たた》く。

「外観が同じなら、内部もおそらく同じだ。カトリック系の建造物は、少しでも天に近づこうとして天井を高くする。それを支えるために天井裏にはボールト、壁に対しては控え壁、窓やドアの上には隠しアーチなどが必要になるんだ。それらの一部でも変更するとバランスが崩れ、建築不能になる。設計し直さねばならないんだが、当時の日本に、教会堂の設計ができる人間がいたかどうか疑わしい。だいたいフランスからわざわざ設計図を取り寄せたというのに、手間暇かけてそれを変更するかよ。同じように造ったに決まってるさ」

手を止め、再び画面を和典に向ける。フランス語の説明のついた平面図が広がっていた。

「ここでプリントアウトするか、できなければ、帰って司祭様に頼もう」

和典は溜め息をつき、両手を上げる。完敗だった。

5

黒木の魅力に屈したのか、それとも視聴覚室に付随している普通のサービスなのか、モン・サン・ミシェルの平面図のプリントアウトは、簡単に手に入った。

「すげぇ、これカッコいいじゃん」

歩きながら目を通す。内部は三階建てで、それぞれに平面図が作製されていた。書かれている文字は、数字を除けばフランス語である。黒木の説明によれば、一階が下階レベル、二階が中階レベル、三階が教会レベルと名付けられていた。

一階は床面積の八十％以上が岩盤で、その周りに階段や部屋が造られている。二階部分になると岩盤は中央に二十％ほど残るだけで独立した礼拝室やたくさんの部屋があり、最上階の三階は全面が教会堂だった。その北側に小さな部屋がいくつか、さらに回廊付きの庭と細長い部屋が一つある。

「ネットじゃ、ここまでしか出てない。階と階を繋《つな》いでる部分も見たいんだけどな」

いく分不満げに言った黒木を宥《なだ》めようとして、その二の腕を叩《たた》く。

「これで充分じゃん」

確かに平面図だけでは、階段の繋がり方がわからなかった。だが、たかが階段なのだから、現場に行ってみれば何とでもなるに違いない。

「修道院まで行って、この図面と比べながら侵入路を決めようぜ」

急ぎ足でロビーを横切り、玄関に向かう。エレベーターホールの前を通りかかると、ちょうどドアが開き、数人が出てくるところだった。何気なくそちらを見て、立ちすくみそうになる。ビジネスマンたちに交じっていた蠣崎《かきざき》結衣《ゆい》と、目が合った。

「どした」

黒木に聞かれ、反射的に首を横に振る。

「何でもね。行こ」

足を速めながら切《せつ》に願った、俺は忙しい、絡《から》んでくるなよ。

「ちょっと」

駆け寄る足音がし、後ろから腕を摑《つか》まれる。

「上杉、待ってよ」

隣で黒木が笑みを含んだ。

「上杉先生、案外、手が早いね」

頭を抱えたいような気分で、黒木の誤解を解く言葉を探す。ここに来てまだ二日しか経《た》っていないのに、もう女と親しくなったと思われたくなかった。

「ねぇ上杉、話があるんだけど」

俺には全然ない。気安く呼び止めるな。そう言おうとして口を開きかけた時、黒木の手が肩に載った。

「先に行ってる。平面図と現場を確認しとくからさ、終わったら来てよ」

素早く離れていく黒木を、恨めしい思いで見送る。蠣崎が隣に来て、その後ろ姿に目をやった。

「あの子スタイルいいね。顔もカッコいい」

もう少しで怒鳴るところだった、話というのはその事か。おまえなんか地獄に落ちろ。

「あれ怒ってんの。ああ焼《ヤ》いてんのか。大丈夫だよ、あんたも都会的でクールだし、結構イケてるから」

溜《た》め息をつきながら思った、こいつに言われても、まるっきりうれしくないのはなぜだろう。

「でもあの子の方が、すごい。王子様みたいだもん」

心でつぶやく。確かに王子だ、財力も縁故もある。ないのは、根っこだけなんだ。

「上杉、あんたって、お母さん、いないでしょ」

いきなりのひと言に、胸を突かれた。いると言いかけて言葉を呑《の》む。いないのかもしれなかった。

「そういう感じ、何となくわかるんだ。私もそうだしさ」

蠣崎を見る目が一瞬、緩《ゆる》む。同性の親がいないのは、相当辛いに違いなかった。毎日の生活で不便も多いだろう。気の毒に思いつつ、今までの無礼については忘れてもいいという気になった。

「あのさ、お願いがあるんだ。私が桜坂に入りこんでた事、誰にも内緒にしておいてほしいんだけど」

あっさり承知しそうになり、慌《あわ》てて自分を引き止める。蠣崎は、あの修道院の土地を持っている人間の関係者であり、船越組の親類縁者でもあった。今後、頼みたい事が出てくるかもしれない。

「そいつは、ただじゃ聞けないな。交換《バーター》だ。取りあえず連絡先、教えといて」

蠣崎は、ふっと真顔になった。

「連絡先を聞くって事は、つまり私に、桜坂の事を内緒にしておいてやるから付き合えって言ってんだよね」

余りの飛躍に、心臓が止まりそうになる。まじまじと蠣崎を見つめながら思った、こいつの頭の中には、色恋沙汰の回路しか入ってないのか。

「私、今は彼氏いないし、まぁ付き合ってもいいよ」

俺は、よくない。

「アドレス教えるから、スマホ出して。早くしなよ」

追い立てられるように蠣崎のアドレスをスマートフォンに打ちこみ、それを使って空メールを送った。蠣崎は自分のスマートフォンで確認しながら、思いついたように顔を上げる。

「ね、LINEやろっか」

やらない。和典はスマートフォンを切り、ズボンの後ろポケットに差しこんだ。黒木の後を追おうとし、蠣崎が面倒な女である事を思い出す。後々のトラブルを避けるために、立ち去る前に話を固めておいた方がよさそうだった。

「交換《バーター》の条件は、付き合う事じゃないからな」

蠣崎は、驚いたようにこちらを見る。思ってもみなかったらしく、まさに豆鉄砲を食らった鳩《はと》宛《さなが》らだった。和典は笑い出したくなり、懸命に堪《こら》える。ここで笑ってしまっては、男として恰好《かっこう》がつかなかった。

「おまえの秘密は守る。代わりに、こちらが求める情報を提供してくれ。今、調べている事があるんだ。じゃ急いでるから、後で連絡する」

言い捨てて歩き出そうとしたとたん、後ろから再び腕を摑まれる。

「はっきりものを言う奴《やつ》って、私、好きだよ。尊敬する。それにあんた、頭よさそうだし」

どうやら評価されているらしかった。心で毒づく。ここでおまえの評価は求めてないから、俺を引き止めるな。

「そういうあんたを見こんで、頼みがあんだけど」

ついに怒鳴りそうになった。今の俺には、人の頼みを聞いている暇はない。見るからに忙しそうだろ、空気読めよ。

「すごく困ってんだ。協力してよ。あんたも知りたがってた事だよ。桜坂で、私が何をしていたのか」

そう言いながら素早く片手を伸ばし、和典の耳朶《みみたぶ》を摑んで自分の口元に引き寄せた。

「徳川、埋、蔵、金」

和典は反射的に身を起こす。蠣崎は、得意げな笑みをもらした。

「あの桜坂には、徳川幕府の御用金が埋まってんの」

まじまじと蠣崎を見つめながら、こいつは本物の馬鹿かと思った。

「私だけが知ってるんだ」

徳川埋蔵金伝説には、二つの流れがある。一方は、江戸城の御用金、他方は大坂城の御用金だった。

江戸の御用金に関しては、幕末の慶応四年四月、江戸城が無血開城された際、幕府の御用金が入っていた金蔵が空だったため、その探索が始まった。

当時、勘定奉行で財政全般を管理していた小栗忠順《おぐりただまさ》が、群馬県の知行所に隠遁《いんとん》していたため、その近くの赤城山《あかぎさん》に隠したのではないかという説が有力で、いく度もの発掘が行われたものの、今に至るまで発見できていない。

その後、赤城山は人目を晦《くら》ますための囮《おとり》なのではないかという説が流れ、本当の埋蔵場所として日光、妙義山《みょうぎさん》、久能山《くのうざん》などが挙げられて発掘プロジェクトが組まれた。だが、いずれも掘り当てる事ができなかった。

大坂城の御用金に関しては、慶応四年一月、幕府が鳥羽伏見《とばふしみ》の戦いに敗れた際、御用金を船に積んで大坂を脱出した事に始まる。船は江戸に着いたものの、その後、江戸城無血開城に反対だった榎本武揚《えのもとたけあき》が幕府勢力を乗船させ、北海道を目指したのだった。ところが途中で座礁し、御用金の行方は不明となっている。

個人はもちろん、テレビ各局もいくつかの番組で発掘を試みてきたが、どれも失敗に終わっていた。これらにより今では、埋蔵金は存在しなかったという説が有力になっている。行き詰まっていた幕府は御用金を使い果たしてしまっており、幕末には江戸城の金蔵は空だった。また榎本武揚の船に積んであった御用金も、台風に遭った船の修理や、江戸および東北地方で人や武器を調達するのに粗方《あらかた》消費されてしまったのではないか、という意見である。

和典も幼稚園から小学校低学年にかけて埋蔵金伝説に興味を持ち、夢中で調べた事があった。今では、埋蔵金消費説に同意している。そういうロマンを無条件で受け入れられるのは、精々《せいぜい》、小学校卒業までではないか。サンタクロースにも卒業年齢があるように、埋蔵金伝説も、いつまでも見ていられる夢ではない。

「あそこに絶対あるよ。間違いない」

和典は話を切り上げようとし、愛想のいい笑みを浮かべる。

「あ、そう。頑張んな。じゃな」

素早く歩き出すと、後ろから大声が聞こえた。

「おい、男のくせに逃げる気か」

あたりを歩いていたビジネスマンたちが、いっせいにこちらを見る。白々とした侮蔑の視線や、近頃のガキはといわんばかりの嘲笑の眼差《まなざし》も交じっていた。不当な屈辱に、頬が熱くなる。走り寄ってくる蠣崎をにらみながら、どうしてくれようかと両手を震わせた。

「上杉、協力してよ。うまくいったら、少しは分けてやるからさ」

強い光を浮かべた瞳が、言い出したら決して引かない若武を思わせる。今まで和典は、若武と競り合って勝った試しがなかった。

能力ではなく持続力の問題で、若武のように決心したら最後、延々と同じ事を繰り返すだけの根気が和典にはないのだった。慣れて刺激が少なくなると飽きてしまい、継続していくだけのエネルギーを出せなくなる。蠣崎が若武擬《もど》きだとすると、いくら頑張っても和典に勝ち目はなかった。打てる手があるとすればただ一つ、埋蔵金が存在するという事実自体を否定し、その情熱を鎮火してしまう事である。

「あのなぁ、埋蔵金なんて夢だ、夢」

蠣崎が考えているのは、大坂城から北海道に運ばれた御用金だろう。座礁し、沈没した船の御用金が海流に乗って函館に流れ着き、あの桜坂に埋められたとか、おそらくそんなところだ。船が沈んだ地点を明らかにし、海流の動きを調べて、それが函館に流れ着く事などありえないと証明すれば、夢も覚めるのではないか。

「今、はっきりさせてやるから待ってな」

スマートフォンを出し、まず海流で検索をかける。蠣崎は手を伸ばし、和典の腕に絡《から》めた。

「グーグルやヤフーなんかに、詳しい事なんて載ってないよ。私んちに行こう。確かな証拠があるんだ」

思ってもみない展開だった。和典は困惑しながら蠣崎の手を払いのける。

「俺は忙しいって言ってってだろーが」

蠣崎は、今度は和典の腕を鷲摑《わしづか》みにし、引っ張りながら歩き出した。

「私、自転車だから、そんなに時間かからないってば。飛ばせば七、八分だから、ここでモメてるより、さっさと行って確かめた方が早いと思うよ」

やはり若武同様、いったん思いこんだら他人の迷惑はスルー、驀地《まっしぐら》に進むタイプなのだ。

「俺には、やんなくちゃなんない事があるんだ」

その腕を振り切って歩き出す。玄関の自動ドアを出ながら肩越しに目をやると、すぐ後ろに蠣崎の姿があった。恨めしそうな、今にも泣き出しそうな顔でついてくる。足を速めて市電の停留場に向かっても、なお離れなかった。背後に霊を背負っている感じで、どうにもやりきれない。すれ違う人々からもあからさまに奇異の目を向けられ、耐え難《がた》くなって立ち止まった。さっさとこの面倒を片付けてしまおうとスマートフォンを取り出し、黒木に電話をかける。

「あのさぁ、悪いけど、ちょっと手間取りそうなんだ。急ぐからさ。待っててよ」

市電のレールのきしむ音とともに黒木の声が聞こえた。

「こちらの作業は、一人でも大丈夫だ。滞《とどこお》りなく進行させとくから、一戦でも二戦でも、どうぞごゆっくり」

そう言ってから思い出したように付け加える。

「あ、おまえ、まだ吼《ほ》えてないんだっけ。これは失礼」

軽い笑いを最後に通話が切れた。広げた翼で頭を殴られたような気分で、スマートフォンをにらみつける。

「上杉、どうかしたの。雰囲気、荒れてるみたいだけど」

のぞきこむように見つめられて、思わず赤面した。

「うるさい、男の話だ」

6

函館の隣の北斗市まで、蠣崎《かきざき》の自転車を走らせる。

「おまえのチャリだろ。何で俺が運転すんだ」

ウエストに当たる蠣崎の指先がくすぐったかった。しかもペダルが重い。見た目がぽっちゃり系だけに、かなり体重があるようだった。

「あんたの方が速そうだからに決まってんじゃない。急いでんでしょ。文句言わずに漕《こ》ぎなよ。あ、そこ左ね」

幅の広い道路の両側には小さな会社や民家が疎《まば》らに並び、空き地も多い。遠くにはコンクリート工場の高いサイロやベルトコンベア、クレーンが見えた。脇を大型ミキサー車が走り抜けていく。

「このあたりって生コンの会社が多いんだ。もうちょっと行くと、新幹線も見えるよ。見たければ、そっちに回ろうか」

舌打ちしそうになった。東京駅に行けば三分間隔で発車しているものを、何が哀《かな》しくてこんなクソ忙しい時にわざわざ見に行くんだ、行かねーんだよ。

「そこも左。で、次は右ね」

言われるがまま、奴隷のようにひたすらペダルを漕《こ》ぎ続ける。

「上杉は、幕末の北海道について、どの程度知ってんの」

埋蔵金には興味があったが、日本史についてはごく簡単な知識しかなかった。歴史には、一定の法則が見出《みいだ》せない。和典にとっては国語と共に苦手科目だった。苗字《みょうじ》や名前に常用外の読み方が多く、なかなか覚えられないのも敗因の一つである。

「薩摩《さつま》と長州、土佐藩を中心とする新政府軍が江戸を占領し、それに反発した幕府の海軍副総裁だった榎本武揚が八隻の船を率いて品川から脱走、北海道を目指したって事くらいは知ってるでしょ」

埋蔵金に絡《から》むそのあたりなら、何とか理解していた。

「その八隻の船には、幕府を支持するたくさんの武士が乗ってたの。新撰組《しんせんぐみ》の土方歳三《ひじかたとしぞう》なんかもね。当時の北海道にあった藩は、松前藩一つだけ。東北の六つの藩が分担してその他の地域を警備してたんだけど、脱走軍が来るって聞いて、皆、帰っちゃったんだ。残ったのは、帰りようもない松前藩のみで、兵力は八百七十だった。ところがやってきた脱走軍の方は、兵力三千」

あ、即、負けそう。

「新政府からは、脱走軍を鎮圧せよとの命令が届く。藩では大あわてで準備をしたんだ。肺結核で寝こんでいた藩主とその家族を津軽に逃がしたり、援軍の派遣を要請したり、軍服に付ける記章を決めたりしてね」

和典は、自分が生まれた街の歴史をそれほど知らない。蠣崎の知識に敬服しながら、ハンドルに取り付けられているバックミラーに目をやった。それまで強引としか思えなかった蠣崎の顔が、妙に頼もしく見える。

「うちの先祖は、本家が藩主。うちは別家で、当時は家老だった。それで藩主たちを津軽に送り届けると、すぐ戻ってきて、本土からやってきた黒田清隆《くろだきよたか》なんかの新政府軍と合流し、一緒に戦いの準備を進めたんだ。で、このあたりを舞台に戦闘が始まり、その最終決戦が函館。松前藩プラス新政府軍が勝ったのは、その翌年の五月十八日だよ。ああそこ、停《と》めて」

ブレーキを絞り、片足を地面に着く。生垣と用水路に囲まれ、門のそばに臥龍松《がりょうまつ》を植えた総体檜《ひのき》造りの大きな屋敷《やしき》だった。ふっと思う、本家が藩主って事は、こいつ、お姫様か。

「おまえ、姫なんだ」

サイドスタンドを立てながらそう言ったものの、返事がない。蠣崎に目を向けると、真っ赤になっていた。

「姫言うな、キャラ違うから」

乱暴な足取りで歩き出す。

「庭から入る。土蔵に置いてあるんだ」

生垣に沿って回っていく蠣崎に、笑いをかみ殺しながら従った。意外にかわいいところもあるらしい。

庭の出入り口には小さな枝折戸《しおりど》が付いており、すぐそばに錦鯉《にしきごい》の泳ぐ池があった。その脇に大壁造りの土蔵が三棟建っている。蠣崎が歩み寄ったのは、一番奥だった。慣れた手つきで、土戸と板戸の二重戸を立て続けに開ける。黴《かび》の臭いが鼻を突いた。

中は薄暗く、金網を張った高窓から光が射《さ》しこんで、あたりを斜めに照らしていた。壁には槍《やり》や薙刀《なぎなた》が掛けられ、その下に陣笠《じんがさ》や蓑《みの》が置かれている。古い箪笥《たんす》や長持《ながもち》もあった。隣には鎧《よろい》兜《かぶと》がいくつも並べられ、文書が入っているらしい細長い桐《きり》の箱が山のように積み上げられている。和典は、江戸時代にタイムスリップした気分になった。この土蔵の中に埋蔵金について書かれた記録があったとすれば、それは本物かもしれないと思えてくる。

「これだよ」

蠣崎が持ち出してきたのは、B5ほどの大きさの薄い冊子だった。横綴《よこと》じで、表紙には「麦叢記　戊辰《ぼしん》明治己巳役《キシノエキ》」と記されている。勢いのある筆字だった。

「うちの先祖が、当時の事を書き留めておいた非公式の文書、つまり日記みたいなもの。松前にある本家が火事になった時、こっちの蔵に移したんだ。年別に分かれてて、戊辰明治って書いてあるのは一八六八年から六九年の事」

枯葉のようになったページの間に、四葉のクローバーの栞《しおり》が挟んである。

「ここ見て。一月、松前藩江戸上屋敷《かみやしき》にて、幕府から軍資金五万両を貸与されたって書いてあるでしょ」

指差されたその部分も筆字だったが、表紙と違って流れるような続き文字で、和典にはまったく読めなかった。見当さえもつかない。英語の筆記体の方がまだわかると思いながら、漫然とながめていた。

「で、ここ、三月十日、松前藩の戦闘編制が完了。箱館《はこだて》のブラキストン商会より鉄砲他を購入、金二万両を支払う。つまり残りは三万両だったわけ」

すらすらと読み下す蠣崎が、異星人のように思える。

「おまえ、よく読めるな」

蠣崎は、伏せた視線で文字を追いながら微笑《ほほえ》んだ。

「この冊子に目を通したのは、本家や数ある別家の中でも私一人だけだって、伯母さんが言ってた。よくこんな訳のわからない字を読む気になるねって。私、お習字習ってたからさ、昔の字って好きだし興味あるんだ」

習字をしている蠣崎を、つい想像する。ピンと背筋を伸ばし、なぜか着物姿で、よく似合っていた。

「じゃ読み上げてくから聞いててね。ここからが核心なんだから。四月七日、我が軍、箱館湾口に設けられた鋼索の切断に成功す。これにより湾内に侵入可能となり、我が海軍、大いに善戦す。同二十九日、矢不来、富川の戦に勝利。大野平野、あ、これは函館平野の当時の呼び名ね、進出が可能となり、これを知った敵軍は各陣地を放棄し、五稜郭および台場へと撤退した。我が軍は、箱館山南面の千畳山《せんじょうやま》に陣を張り、箱館総攻撃をかけるべく、その設営に着手す。この折、我が独断で軍資金三万を櫃《ひつ》五棹《さお》に入れ、鉄砲や雷管を装って松前から船で移送、寒川で陸揚げして千畳山の陣地に運びこみ、備蓄と称して地下に秘匿した。この戦は予断を許さず、よって戦陣には金が必要との判断による。秘匿場所は、地図に記す」

つまり徳川幕府が持っていた御用金ではなく、松前藩に貸し出された御用金が埋蔵されたのだった。今まで誰も目を留めていない新種の埋蔵金で、大いに現実味があった。

「だけど記述は、ここで終わってるんだ。まだ戦いの決着もついてないのに、どうしてだろうと思って調べたら、これを書いた本人がこの翌日に急死してんだよ。本家の石塔に、死亡年月日が刻まれてた。うちの家系って代々、卒中が多いからさ」

埋蔵が家老一人の判断で、しかも偽装されており、本人がそれを話す間もなく死亡したとなれば、戦乱時でもあり、真実が伝えられなかったと考えても不自然ではない。和典の胸で、昔の埋蔵金熱が一瞬、赤い炎を噴き上げた。

「で、問題なのは、秘匿場所は地図に記すと書いてあるっていうのに、その地図がどこにもないって事」

冊子から目を上げ、蠣崎は溜《た》め息をついた。

「本家の火事騒ぎの時に、焼失したみたい」

胸の熱が引いていく。

「何しろ本家でも、私んちでも、先祖の残した記録になんか誰も関心がなくって、特に火事の時は、有名な陶工の茶碗《ちゃわん》とか、名のある書家の掛け軸とかを持ち出すのが優先だったらしい。これを始めとして冊子がいくつか無事だっただけでも奇跡的なんだ」

地図がなければ、捜しようもない。和典は、これで話は終わったと思い、ほっとした。早く済んでよかった。自分にはどうしようもないと宣言し、急いで修道院に向かおう。

「でも地図の代わりに、箱館戦争差図書ってのが残ってるんだ」

思わず毒づく、小出しにすんな、メンタルがダメージ受けっだろうが。

「これは攻め方を書いたものなんだけど、その中に陣所の絵がある。場所は千畳山って書いてあって方位も入ってるから、その絵を千畳山に当てはめて現実の大きさに伸ばしてみた。友達がやってくれたんだ。何とかかって方程式を当てはめれば実際の距離が出るって。えっと、比かな」

話は、思いもかけず和典の得意分野に入ってきた。愛する数学に敬意を表し、和典は姿勢を正して徐《おもむろ》に口を開く。

「正確には比例式。内項の積は外項の積に等しい、だ」

蠣崎は、面倒そうな顔つきになった。

「それ、どーでもいいから。話戻すと、千畳山は、ほとんどが岩場なんだ。だから地面を掘れない」

モン・サン・ミシェルを思い出す。あれも確か岩場に建っていた。フランスから設計図を取り寄せたのは、狭い山の上に大きな建物を建てるというだけでなく、地盤の問題を解決するためでもあったのだろう。

「でも一ヵ所だけ岩でない所があって、それが桜坂なんだ。三万両は、あそこに埋められたに決まってる。それで私は桜坂に行って、友達が出してくれた当時の陣所の大きさ通りに周囲の樹に印をつけたんだ」

最初に蠣崎と出会った時には、どうやらその作業中だったらしい。初対面の人間に、埋蔵金を捜しているとは確かに言いにくいかもしれなかった。

「でさぁ、叔父の会社行って、あ、船越組だよ。さっき上杉と会ったとこ。倉庫から金属探知機を借り出して、その範囲内を調べてみた。ところが、まるっきし反応なし。二度もやったんだけど、同じだった。つまり三万両は、あそこに埋まってないんだ」

心底、不思議だといった表情で首を傾《かし》げる。

「絶対、あそこのはずなのにさ。ねぇ上杉、力になってよ。どう思う。地下で小判が消えるなんて、アリかな」

三万両といえば、千両箱にして三十箱だった。それだけの物質が消失すれば、エネルギー保存の法則により、莫大《ばくだい》なエネルギーが生じる。日本国内でそういうエネルギーを感知したというニュースは、今のところ流れていなかった。よって埋蔵金は消えていない。桜坂にないとすれば、誰かがどこかに移動したのだ。

小判千両に箱の重さを加え、一つが十五kgとすれば、全体では四百五十kgになる。それを五棹の櫃に入れれば、ひと棹は九十kgだった。簡単には持ち運べない。車を利用するにしても坂の下の道までしか入れないから、その先は手運びになるし、トラックでも持ってこなければ全部を一度に運ぶ事は不可能だった。人通りが少ない道だが、田舎だけに目立つ。ひと箱ずつ地味に運ぶとしても三十回かかり、こちらも人目を引くはずだった。

「誰かが掘り出したとかいう噂《うわさ》、立ってないの。普段見かけないトラックが出入りしてたとか、江戸時代の小判が骨董《こっとう》屋に持ちこまれたとか」

蠣崎はきっぱりと首を横に振る。

「まるでない。そんな事があったら、叔父さんの口からすぐ耳に入るもん。建設会社って正規社員の他に渡り職人とかも雇うし、不動産屋や官公庁や他企業とも密接につながってるから、噂も含めて情報は早いんだよ。特にトラックなんて特殊な車だから、この街の誰が持ってるとかもわかってるし、見慣れないトラックが走ってたら、すぐどこのもんだって話になるもん」

だが消えるはずは絶対ない。となれば、誰かが持ち去ったとしか思えなかった。その手がかりを見つけない以上、この先には進めない。

「じゃさ、おまえが桜坂に入って作業してる時、何か、気がついた事なかったか」

蠣崎は眉根を寄せた。そこに力をこめ、そのまま全力を振り絞るように俯《うつむ》いていて、やがて顔を上げる。

「これといって、何もなかったと思う」

時間がかかっただけに、その空疎な結論に気落ちした。腹立たしくすらなる。

「何かあるだろ。小さな事でも、関係ないと思われる事でもいいから思い出してみろよ。ほら思い出せ」

追い立てられて蠣崎はしかたなさそうに再び考えこみ、いかにも気が進まないといった様子で和典の顔色を窺《うかが》った。

「気になる事は、あるにはあったよ。けど上杉って、こういう事に冷たい目、向けそうだからなぁ」

さして親しい仲でもないのに、さもわかっているように言われて心外だった。おまえにわかられるほど、俺は自分を見せてないと言いたいところをぐっとこらえる。

「何でもいいから早く言え」

問答無用のオーラを出し、にらみつけていると、蠣崎は渋々口を開いた。

「ラブラブの落書きをした樹があったんだよ。ハートの中に二人の名前が並んでて、その上に『婚』って書いてあった。それだけなら別に珍しくないんだけど、それを削り取ろうとした跡があったから気になったんだ。この二人、破局したのかなぁって思って」

話にならないほど下《くだ》らなかった。だが何でもいいといった手前、怒れない。無駄な時間だと思いながら、ただ耐えた。

「二人の名前の片方は、完全に削れてた。婚っていう字も、スペースの感じからして、最初は結婚か、願結婚か、祝結婚って彫られてたんだと思う。もう片方の名前は、深く彫ってあって削りきれなかったみたい。でも名前にしては、ちょっと変だったから違うかもしれないな。無印良品の良に、能登《のと》の能なんだ、良能」

思わず体に力が入った。

「その樹の場所、案内して」

7

土蔵から出ると、陽《ひ》はもう傾き始めていた。自転車に飛び乗り、後ろに蠣崎《かきざき》を乗せて千畳山を目指す。あたりが明るいうちに、その樹を確認しておきたかった。

「これから言うアドレスに、メール打っといて。文面は、桜坂の出入り口で待っててくれ」

黒木の下に直走《ひた》る。これほど必死の思いで自転車を漕《こ》いだ事は、今までになかった。削られた名前は、間違いなく咲蘭だろう。桜坂は、花見の時期に地元の人々が訪れるというから、水木がまだ生きていて二人が幸せだった頃の落書きなのだ。

「それからおまえの叔父さんに電話して、聞いてくれ。聖なる光修道院の南側の柵を作ったのは、船越組かどうか。もしそうなら、その時期はいつかって」

咲蘭《さら》は水木を失い、あの修道院に入る道を選んだ。修道院の裏手にある桜坂は、嫌《いや》でも毎日、目に入っただろう。アルビ派にとって、結婚は罪悪なのだ。咲蘭の目に、あの坂は自分の罪を知っている場所に見えたに違いない。

「修道院の建物は、独特なんだって」

蠣崎が叔父から返事をもらったのは、もうすぐ桜坂に着くという頃だった。太陽は勢いを失い、赤味を帯びて夕焼けが始まろうとしていた。

「だから他の建設会社は手を出さなくって、小さな補修まで全部、船越がやってるみたい」

では修道院の尖塔《せんとう》や壁についていた像を削除したのも、きっと船越組だろう。

「手掛けた仕事の情報は、顧客別にコンピュータ管理してあるからすぐわかるって言って、検索してくれた。四年前みたいだよ」

咲蘭があの修道院に入った翌年だった。アルビ派の教義に従うために、結婚を望んだ過去を消そうとしたのだろう。ところが、深く刻まれていた文字を削り切れなかった。柵を作って桜坂に降りられなくしたのは、それを隠すためか。

いや完全信徒たちはあの建物から外に出ないのだから、その目を恐れる事はない。勉強会に通っている平信徒には、転生《てんせい》の教義自体を教えてないのだから、こちらも気にする必要がなかった。花見にくる一般市民にとっても、樹の落書きなど問題ではない。おそらく咲蘭自身が自分の過去から目を背《そむ》け、忘れたかったのだ。

和典は、胸が詰まるような気がする。結婚は常識的に考えれば罪悪ではありえないし、咲蘭にもそれはわかっていたはずだ。だが常識は、転生を保証してくれない。それを信じさせてくれるのは、アルビ派の教義だけだったのだ。水木を甦《よみがえ》らせるためには、それを信じるしかなかったのだろう。そこにすがりつきながら転生した水木を捜し、この五年間を必死で生きてきたのだと思うとかわいそうでならなかった。

「お、タンデムで来たね」

桜坂の壊れた門柱に寄りかかっていた黒木が声を上げる。和典は自転車を止め、蠣崎が下りるのを待って、サイドスタンドを立てた。見上げれば、谷一面に植えられた桜の樹々が、半ば以上も花開いている。昨日まで蕾《つぼみ》だったものが、まるで雪でも降り積もったかのように枝を白く彩り、繊細な影を作って揺れていた。思わず見とれる。

夕焼けは勢いを増し、空は黄金に輝こうとしていた。その力のこもった沈黙を呼吸しながら花々は、渡る風に薄い花弁《はなびら》を震わせている。何百という花の息遣いが細やかな波のように伝わってきて、和典の胸をざわめかせた。

「こっちだよ」

先に立った蠣崎に手招きされ、遊歩道を上る。途中から桜の樹々の中に分け入った。夕焼けが濃くなるにつれてあたりは暗さを増していき、桜は香りを振りこぼしながらいっそう華やぎを見せる。今まで来た事もない国に足を踏み入れていく思いだった。

「上杉先生、事情を説明してもらえるかな。ああ彼女も紹介して」

花に心を吸いこまれそうになりながら、黒木に今までの事情を話し、蠣崎を簡単に紹介する。これほど美しいこの坂を、自分の罪を抱える場所としか考えられない咲蘭の不幸に胸が痛んだ。

「ほら、ここ」

蠣崎が指差したのは、桜坂の中ほどにある樹の幹だった。一部残ったハートの輪郭の中に、確かに『婚』と『良能』という字が認められる。

「で、陣所だったのは、あそこからこっちまで。ここは、南端って感じかな」

腕を大きく回して説明する蠣崎を見ていた黒木が、思いついたようにスマートフォンを出し、何やら検索し始める。やがてわずかな笑みを浮かべた。

「五年前、このあたりで震度五強の地震があったね」

蠣崎は呆気《あっけ》に取られる。日頃、何があってもぶれない黒木を見ているだけに、和典の驚きも大きかった。

「どうした、黒木先生、何ぶっ飛んでんだ」

黒木はさらっと画面をなで、それをポケットに差しこむ。

「いや、足は地に着いてるよ。説明しようか。その一、この修道院の財源については、すでに上杉先生から疑問が出ていた」

それは、和典がもっとも気にしていた事だった。修道院内に何人の完全信徒がいるかわからないが、登記されている基本財産の額で生活するのは無理というしかない。

「その二、樹の削り方を見ると、何度もやった感じだから、咲蘭はここに通った可能性がある。その三、地震によって地表や地下は変動する」

耳から入ったその三つが胸で動き出し、突如《とつじょ》として絡《から》み合って、一つの大きな渦を作った。

「落書きを消そうとここに来ていた咲蘭は、地震に遭遇、地面が崩れたか亀裂が入るかして、その下から何かが見えた。掘ってみたところ、櫃《ひつ》の中に千両箱を発見、修道院に運びこんだ。咲蘭は、フランスのオーヌ・ポワトゥという人物の後継者と繋《つな》がりがある。小判とわからないように小分けにして向こうに送り、換金して口座に振り込んでもらって修道院維持に使っていた。これ、アリだろ」

そう考えれば、財源については説明がつく。ここは修道院の敷地《しきち》内であり、いくら頻繁に往復しても人目につく事はなかった。地震は五年前、柵を建てたのは四年前、つまり全部を運び出してから柵を作ったという事になる。そうする事によって、咲蘭は自分にとって不都合なすべてを切り捨てたのだ。

和典は、埋蔵金を掘り出している咲蘭を思い描く。それは月夜だったかもしれない。月の光に照らされた咲蘭が土に塗《まみ》れ、力を振り絞って千両箱を持ち上げ、桜の樹の間を上っていく。あるいは雨や強風だったかもしれない。叩《たた》きつけるような土砂降りの中で顎《あご》から滴を滴らせながら千両箱を抱え、修道院の石畳を一歩一歩進んでいく。どちらも、心が冷え冷えとしてくるほど孤独な姿だった。

「咲蘭は修道院に入って初めて、金庫には皆が暮らしていけるほどの金がないって事に気づいたのかもしれないね。完全信徒たちは、ただ祈っているだけの存在だし、自分が何とかしなければ彼らを食べさせていけないと思ったんだろう」

蠣崎が不満げな声を上げる。

「でも、これ、蠣崎家のものなんだよ。その人、盗んだって事になるでしょ」

黒木は窘《たしな》めるような笑みを浮かべ、人差し指で蠣崎の額をつついた。親しげで甘やかなその仕草に、和典はあわてふためき、蠣崎は頬を赤らめる。だが黒木は、気にもかけない様子だった。

「今話してるのは、推測だ。証拠がないんだよ」

黒木は、女にかけては最強だと和典は思う。本人は意識していないのだろうが、当たるを幸い薙倒《なぎたお》す感じは、颯爽《さっそう》としていてカッコよかった。

それに比べて自分は、まったく冴《さ》えていない。カッコよくやりたくても外見的に問題があるし、自分が黒木を真似《まね》しても滑稽なだけだとわかっていた。どうしていいのかわからないから、女を避けているのかもしれない。このままいくと将来、胸で獣が吼《ほ》えるようになってもどんな女にも相手にされず、彼女さえいればこんな事はしなかったと言った大量殺人犯のようになるか、複素解析空間論を作った岡潔《おかきよし》の晩年や、世紀の難問といわれたポアンカレ予想を解いたグレゴリー・ペレルマンのように世間との交渉を絶ち、自給自足の生活をしながら数学と向き合って暮らす道しか残されていないのかもしれなかった。

「埋蔵されていた金は元々、松前藩が幕府から借りた金だろ。つまり幕府の金なんだ。幕府の金は、すべて新政府が受け継ぐとの取り決めがなされている。だから新政府の金って事になり、当時の新政府を継承している現政府の金、つまり国の金って事になるね」

蠣崎は見るも哀れなほどしょぼくれ、その場にしゃがみこむ。気の毒に思いつつも和典は、笑いをもらさずにいられなかった。

「何だよ、笑うな」

怒鳴られて余計におかしくなり、問題を大きくしないためにそばを離れる。黒木が追いかけてきて腕を伸ばし、肩を抱き寄せた。耳にささやく。

「上杉、俺たち、ジョーカーを手に入れたぜ」

意味がわからなかった。口をつぐんでいると、黒木はいっそう声を潜《ひそ》める。

「修道院内で、若武は咲蘭と一緒にいる可能性が高い。連れ出そうとすれば、咲蘭は死に物狂いで阻止しようとするだろうし、どんな行動に出るか知れたものじゃない」

それについては、和典も予想していた。一緒に死のうと思っている相手と、咲蘭が離れているはずはない。だが、どうすればいいのかわからなかった。とにかく中に入りこんで、後はその場次第で何とかしようと思っていたのだった。

「この埋蔵金には、おそらく文化財保護法が適用される。発見者は、警察に届け出なきゃならないし、掘り出す事はもちろん触っても違法なんだ。咲蘭がこれらをした証拠を見つければ、犯罪だから警察を動かせる」

そういう事かと思いながら振り返る。今まで手枷足枷《てかせあしかせ》のようだった蠣崎が、初めて助っ人《すけと》に見えた。

「修道院では、スマートフォンは使ってない。パソコンもないだろう。その代わりに手紙や送った荷物の控えや領収書が残っているはずだ。それを捜せ。預金通帳もだ。フランスから入金があるかどうかを確認するんだ。おそらく何度にもわたっているはずだ。それらを撮影して俺に送れ。そしたら俺が警察に届けて、文化財保護法違反で家宅捜索をしてもらう。あの建物内に警察が入れば、若武を捜したり助けたりするのは簡単な事だ。つまり別件で引っ張って、本命を吐かせるってわけ」

和典は右手を差し出し、黒木と握手を交わす。燃料を補給された気分だった。

「俺、やる気MAXかも」

8

「結構だ」

笑って黒木は和典の肩を叩《たた》き、ジャケットの内ポケットからモン・サン・ミシェルの平面図三枚を出した。

「おまえが女とじゃれてる間に、現物と突き合わせておいた。フラ語の和訳も書きこんどいたから。」

気に入らない言い方だったが、妙なところで揉《も》めていてもしかたがない。黙って許す事にした。

「ほら、持って」

三階部分の平面図を一番上にして和典に押し付け、胸に差していたペンライトを抜く。音を立ててスイッチを入れ、その先で図面を照らした。片手でそれを指しては、ライトを持った手を上げ、坂の上に建つ修道院を照らす。刻々と濃さを増す闇の中で、谷に広がる白い桜に彩られた修道院は、海の飛沫《しぶき》を浴びて建つモン・サン・ミシェル宛《さなが》らだった。

「図面のこの丸窓があそこ、こっちの二つ並んだ花頭窓があっち。測って確かめてみたけど、大きさも位置も図面通りだった」

比例式を使ったのだろう。算数ならともかく数学は、実生活ではほとんど役に立たないものと思われているが、比などの出番は意外に多かった。

「ぐるっと回って全方位から全階、すべての窓を確かめた。この建物がモン・サン・ミシェルの図面通りに建っている事は間違いない。よって内部も同じはずだ」

黒木はペンライトを横にして口に銜《くわ》える。手早く平面図をめくり、一階部分を出すと、再び手に取った。

「階段は、ここだ」

それは南側のほぼ中央部で、塀の内側に広がる庭の奥だった。和典は修道院を見上げる。現在地からは、塀しか見えない。

「図面によれば、この階段は三階のバルコニーまでつながっている。途中に扉はない。つまり南側から侵入して三階まで行くなら、これを使うのがベストだ。桜坂と修道院の間には柵があるが、越えられない高さじゃない」

楽勝だと思いながら頷《うなず》いた。

「中に入ったら、とにかく三階まで行く。一、二階は平信徒が出入りしているんだから、見られて困るものは置いてないはずだ。すべては三階にあるだろう。手紙も領収書も預金通帳も、もし埋蔵金が残っていればそれも、そして若武も、だ」

若武は、死ぬ事に同意したのだろうか。もし同意しておらず咲蘭《さら》が無理心中を企てているのだとしたら、若武は拘束されているか、薬で眠らされている可能性がある。そばでは咲蘭が見張っているだろう。それを刺激せず、確実に若武を助けるためには、まず先に書類を当たり、警察を呼びこんだ方がよさそうだった。

「証拠を見つけて、画像送るよ。だけど、それが発見できない場合は、どうする。咲蘭に見つかるリスクを冒しても、若武を捜すか」

黒木は口を引き結ぶ。いくつかの可能性を考え、その中で迷っているように見えた。

「若武は、動けない状態にあるかもしれない」

考える事は、やはり同じらしい。

「そうなってたら、見つけても、おまえ一人で連れ出すのは難しいだろ。当然、咲蘭の妨害が入るだろうし。証拠の書類が見つからなかったら、取りあえず退却って事で、どう。昨日からの絶食でも水だけは飲んでるんだろうし、まだ死ぬ事はないよ。新しい手を考えて、再度潜入すればいい。あせらず慎重にやろうぜ。もし策に窮したら」

そこで黒木は言葉を切り、皮肉な笑みを浮かべた。

「その時は、咲蘭の犯罪の証拠を捏造《ねつぞう》すれば、すむ」

軽く言い放った重い言葉に、胸を打たれる。つまり手段を選ばず、何が何でも若武を奪還しようというのだ。和典は黙って両手を伸ばし、黒木の手を握り締めた。やる気のある男がパートナーで、ゾクゾクするほどうれしい。やってやろうじゃないかという気になった。

「じゃ今夜は、これから準備、侵入は明日、明るくなったらすぐだ。あ、驚くといけないから言っとくけど、おまえがたどりつく三階のバルコニーの隣は、墓地だからな」

再びペンライトで図面を照らす。

「聖なる光修道院の創設者である橋本は、菩提寺《ぼだいじ》に葬られていなかった。おそらくこの修道院のどこかに埋葬されているはずだ。だが外から見る限り、一階の庭に墓地らしきものはない。モン・サン・ミシェルの場合、墓地は三階だった」

和典は、広げられていた図面に視線を落とす。先に見た通り、三階部分はほとんどが教会堂で、北側に庭といくつかの部屋があるだけだった。

「モン・サン・ミシェルのホームページによると、修道院として使われていた当時、遺体は教会堂の南側に埋葬していたようだ」

ペンライトの楕円《だえん》形の光が、教会堂の南を照らす。和典は、教会堂と外壁の距離を目で測り、図面の端に書かれている縮尺を倍数にしてかけてみた。実際には、そこに十mほどの空間がある。

「教会堂を新築したカトリック、中古物件を買った聖なる光修道院が、モン・サン・ミシェルと同じ使い方をしているとすれば、明治からの聖職者の遺体が全部ここに埋められている。おそらく十字架の列があるだろうが、ビビるなよ」

本気で心配しているかに見えた。

「大丈夫だって」

死んだ者は、この世の生を終わった者なのだ。解かれた定理と同様に、完結している。和典は、その静けさが嫌いではなかった。どう動くかわからない生きている咲蘭の方が危険だし、よほど恐ろしい。

「そうか、よかった」

ほっとした様子の黒木の目に、からかうような笑みがにじむ。それで初めて、子供扱いされている事に気づいた。

「俺は、園児じゃねー」

苦々しく思いながら背中を向け、蠣崎のいる所まで戻る。空は鮮やかな群青色に変わり、月が光を放ち始めていた。蠣崎はまだ立ち直れないらしく、しゃがんだままである。和典は再びこみ上げてくる笑いをかみ殺した。

「俺たち帰るけど、おまえ、まだここにいんの」

蠣崎は、力なく立ち上がる。

「私も帰る」

どうやら毒づく余裕がないらしかった。遠慮なくものを言う蠣崎は苦手だが、これほど萎《しお》れているとかわいそうで気になる。

「埋蔵金、何か、使う予定でもあったのか」

蠣崎は大きな溜《た》め息をついた。

「別にないよ。ほぼ一年間、ずっと見つめてきた目標を失っただけ」

中学生にとって一年は、永遠と同じくらい長い。確かに辛いだろう。気の毒だったが、どうしてやりようもなかった。ただ黙りこむ。

夜は潮のように、いつの間にか押し寄せてきていた。あたりに満ちる闇を、頭上の月が照らす。それを受けて、桜の樹々は濡《ぬ》れたように光っていた。和典は、水木の名前を見つめる。その隣の削られた部分に咲蘭の名を想像しながら、不思議に思った。

「何で、結婚が罪悪なんだろ」

黒木がわずかな笑みを浮かべる。

「生殖《SEX》を正当化してるからさ」

和典は頰だけでなく、耳の端まで一気に熱くなった。火を噴きそうなほどといっても過言ではない。それは中学生にとって、もっとも刺激的な言葉の一つだった。もっとも興味があるだけに、もっとも恥ずかしい言葉でもある。和典がとても口に出せないそれを、事もなげにさらりと言える黒木に驚嘆した。今度こそ、手も届かない遥《はる》か彼方《かなた》の空に飛び去られた気がする。

「生命を生み出すのは、神の特権だ。神のみに許される行為なんだ。神以外がそれをする事は、冒瀆《ぼうとく》になる。人間は、妻や夫より神を愛さねばならないというのに、結婚すると、愛をお互いに向け、生殖に励む。それをカトリックは、結婚という美名のもとに認め、秘跡《サクラメント》の一つにした。

司祭様の話じゃ、アルビ派は相当激しくこれを攻撃していたらしいよ」

遊歩道の方に歩き出す黒木の後を追いかけ、肩を並べる。後ろに蠣崎が黙って付いてきた。

「元々カトリックは、性に不寛容だ。聖職者は、結婚を許されないくらいだしね。カトリックから生じたアルビ派は、その道を極め、非常に厳格で純粋なカトリックになっていったんだろう」

初めて会った時の、咲蘭の誇らしげな顔を思い出す。私たちは、もっとも正しい、唯一の正統なカトリックです、澄んだ声でそう言った。

「異端とされた原因は、行き過ぎたその教義にもあるだろうが、カトリックの矛盾に迫ったせいでもあるだろう。カトリックの存続のために、アルビ派は危険な敵だったんだ」

それで壊滅に追いこまれたのだろうか。和典は、死んでいった多くの信者たちに思いを馳せる。死を望むアルビ派の教義から考えれば、それは幸せの極致だったのかもしれない。

「咲蘭が、なぜ勉強会で転生《てんせい》部分を読み飛ばしたのか、わかったよ。自分の罪を隠すため、だ」

黒木は顔を上げ、月を仰いだ。優美な線を描いたその頬の上で、降り注ぐ月光が細やかな影を編み上げる。

「輪廻《りんね》転生は、刑罰なんだ。罪人だからこの世に生まれ変わる」

アルビ派の教義は、この世を悪魔の世界と規定している。悪魔の世界に何度も生まれる理由を説明するには、刑罰を持ってくるしかないのだろう。

「つまり咲蘭の恋人は罪人で、それを咲蘭は待っている。人間は修行を重ねて速やかに魂を清め、天上の国を目指すべきなのに、咲蘭はわざと悪魔の世界に留まろうとしているんだ。これは教義的には罪だろう。咲蘭は自分の行為を非難されないように、その部分を隠したんだ」

和典は足を止め、あの樹を振り返った。水木に再び会うためには教義を信じねばならない。だが水木を待つ事は、教義を踏みにじる事なのだった。咲蘭の哀《かな》しみと恐れが、自分のもののように胸に迫り、息苦しい。咲蘭は、危険を冒して若武の鍵を返しにくるような誠実さを持っている。その一途な心は、どれほど苦しんできただろう。

「生まれ変わりの人物を見つけるまで、隠しておくつもりだった。そしてようやく、それを見つけたんだ。きっと歓喜の中にいるだろう」

坂を下りながら桜に彩られた修道院を見上げる。月の光を受けて金色に輝く石造りの建物は、中に閉じこもる咲蘭を守る要塞のようだった。

「今頃、あそこで若武と一緒に魂を浄化し、二度と甦《よみがえ》る事のない旅に出る準備をしているんだろうな」

ズボンの後ろポケットでスマートフォンが鳴り出す。取り出して見ると、小塚から電話がかかってきていた。

「様子、どう」

おずおずと聞いてくるところが、いかにも小塚らしい。スマートフォンを握りしめている様子が目に見えるようだった。

「明日早朝、修道院に突入する」

息を呑《の》む気配が伝わってくる。あまり脅かしてはいけないと思ったが、気持ちが張り詰めていて、緩《ゆる》い話し方ができなかった。早々に切り上げる事にする。

「詳しくは、後で報告するから。じゃな」

耳から離し、切ろうとしたスマートフォンから声がもれてくる。

「僕、ずっと考えてたんだけどさ、若武から言われた言葉」

すっかり忘れていた。確か《これは救済なんだ》だったような気がする。

「意味がわかるようでわからない言葉だろ。文の主語と、若武の関係がはっきりしないからだと思うんだ。別れの言葉にしては謎すぎるし、それにイントネーションがどことなく普通じゃなかったから」

直接それを聞いた身としては、いろいろ考えるのだろう。だが今さら追求しても意味がない。そう言おうとしたとたん、珍しく小塚が先行した。

「で、すごく悩んでたんだけど、どうもこういう事じゃないかなって思うんだ。《これ》は、修道院に入る事を指している。そしてそれが《救済なんだ》と言ってる訳だから、つまり若武は、自分が修道院に入る事で、誰かを救えると考えているんだ。誰かを救済するつもりで、修道院に入る決心をしたんだよ」

思わず立ちすくむ。

「僕らに協力を求めなかったのは、救うべき誰かが若武と深く関わっていて、若武でないとできない事だったからじゃないかな」

咲蘭だ。若武は、咲蘭をあの教義から救い出すつもりなんだ。

「若武って、ほら、そういうとこあるだろ。前もさ、付き合おうとした女の子が万引きの常習犯だってわかって、皆が止めたら、いや付き合うって言い張ったじゃないか。自分が見放したら彼女は一人ぼっちになるし、付き合いながら立ち直らせるからって。伊勢志摩《いせしま》に行った時も、そうだったよ。確かにカッコ付けたがる面はあるけど、でも自分以外の誰かのために一生懸命になれるし、犠牲も払える奴なんだ。基本的に、ヒーロー気質っていうかさ」

敬愛会館の廊下で疑問を持った若武の修道院入りの原因に、ようやくたどり着いた気がした。

和典は俯《うつむ》き、空いている片手を広げて両目を覆《おお》う。ただ誑《たぶら》かされているだけだと思っていたのに。

「参《まい》った」

他人のために自分を捨てられる男は、英雄というしかない。若武は、英雄なんだ。

「直撃食らった」

単純でごくわかりやすいはずの若武の心を読めなかったのは、人のために何かをするという発想が和典の頭になかったからだった。自分はなぜ、咲蘭を助けてやろうと思わなかったのだろう。傷付いていると知っていたのに、それをずっと気にかけていたし、痛々しく思ってもいたのに、どうして咲蘭のために何かしようと考えなかったのか。何で役に立とうとしなかったのか。

「くっそ」

その場にしゃがみこんでしまいたいほど胸が痛かった。若武を上から見下ろし、やたらに目立ちたがる暑苦しい奴だと冷笑したり、からかったりしてきたが、人間としては自分より上等にできていると思った。俺は、若武以下だ。

自己嫌悪の波に呑まれ、踠《もが》きながら夢中で考える。このままでいるつもりか。自分を若武より下のラインに留《とど》めておくのか。冗談じゃない。今からだって間に合う。まだ充分できる。あいつだけ英雄にしてたまるか。

中学生なら、誰でも英雄になれるはずだと和典は思う。中学という時期には、その必要十分条件が成立している。

親に養ってもらえるし、親がダメでも公的機関が必ず食わせてくれるから、どんな事になっても餓死する心配はない。高校生や大学生のように進路の選択が身近に迫っていないから時間に余裕があるし、自分の人生に傷をつけてもまだ充分取り戻せる位置にいる。だから他人のために自分がゼロになるまで、いやマイナスになるまで注ぎこめるのだ。それは中学生か、あるいは本物の英雄にしかできない事だった。中学生なら誰もが英雄になれる、やる気さえあれば。

「小塚サンクス。後で電話する」

スマートフォンをポケットにねじこみ、こちらを気にして立ち止まっている黒木と蠣崎に目を向けた。

「若武は咲蘭を説得し、あそこから脱会させるつもりだったんだ。いまだに出てこないところを見ると、うまくいかなかったんだろう」

そこまで言ってから、作戦では証拠を摑んで警察に通報する予定だったと思い出す。警察でいいのか。若武は、そんな事はしなかった。自力で、一人だけで挑んだのだ。それでこそ英雄だろう。

「作戦は変更だ。警察の手は借りん。俺が二人を連れ出してくる」

呆気にとられたような顔をしている蠣崎の後方で、黒木が頰を強張らせた。

「唐突に熱くなってる理由は、何だ。いい子だから、やめておけ」

和典は笑い飛ばす。

「止めても無駄た。もう決めた。ヒーローになるのは、俺だ」

第4章　英雄、ただし期間限定

1

歩幅を大きくしながら遊歩道を下りる。後ろから黒木の、怒りを含んだ声が追いかけてきた。

「じゃこうしよう。侵入したら、まず証拠文書を捜してその画像を送れ。その後は、おまえの好きにやっていい。ただし半日だけだ。正午を過ぎておまえが修道院から出てこなかったら、俺はそれを持って警察に行く。これがギリギリの譲歩だ。これ以上は期待するな」

いつになく強硬な言い方だった。逆らっても聞き入れてもらえそうもなく、黒木の協力なくして成功は見こめない。やむなく足を止め、硬い表情の黒木が歩み寄ってくるのを待って右手を出した。握手を交わして約束の印にする。黒木はようやく頰を和《やわ》らげた。

「上杉先生にヒーロー願望があるとは思わなかったね」

肩を並べて歩き出しながら、月を背負った修道院を見上げる。そのどこかにいるはずの若武を思った。待ってろよ、最高にカッコいい救出劇を見せてやるからな。俺のクールさに痺《しび》れるがいい。おまえなんか霞《かす》ませてやる。

「あのさぁ」

蠣崎《かきざき》が歩を詰めてきて、和典と黒木の間に割りこんだ。

「面白そうだから私も混ぜてよ」

即座に、嚙《か》みつくような声が出た。

「だめだ、子供の遊びじゃない」

そう言った直後に思い出す、修道院の補修は全部、船越組がやっているのだった。建設後に手を加えた所があれば、あの柵のように顧客データに残っているだろう。それが必要になる事があるかもしれない。あわてて言い添えた。

「だが、おまえが役に立つなら、入れてやらんでもない」

蠣崎は、すっくと背筋を立てる。やる気充分のようだった。だが会社のデータを持ち出してこいと言えば、教唆罪になる。和典は慎重に言葉を選んだ。

「俺は明日早朝、修道院に忍びこむ。目的は二つ。一つは、犯罪の証拠を摑《つか》む事。この中には、まだ残っているかもしれない埋蔵金を確かめる作業も入っている。二つ目は、あの中にいる俺の友達と、咲蘭《さら》という女性を連れ出す事。黒木は外で待機していて、俺からの連絡を待って動く。この状況下で、おまえにできる事があれば、それ次第で参加させてやる。自分が役に立てると思うなら、明日、日の出時にこの場所に来い。じゃな」

考えこむ蠣崎を残し、桜坂を下りて谷地頭《やちがしら》の停留場に向かった。

「微妙に、逃げた言い方だったね」

黒木に笑われたが否定できず、溜《た》め息をつく。

「そりゃ俺だって、あいつを利用したいよ。けどさ、女巻きこんでも自慢にならねーじゃん。後で親とかに色々言われると、超面倒になるしさ。できれば明日、あいつが姿を現さない事を祈るよ」

終電に近い市電に乗り、壁に背中をもたせかけて立っていて、いつの間にか居眠りをした。市電が大きくカーブし、隣でやはり寝入っていたらしい黒木の体が崩れ落ちてきて、一緒に床に転がる。顎に膝打ちを食らって目が覚めた。

「おい、乗り越したぜ」

十字街で乗り換えて北西に向かわねばならないところを、逆方向の五稜郭《ごりょうかく》近くまで運ばれていた。あわてて降り、人の気配のない停留場で市電を待つ。五稜郭自体は見えず、緑の向こうにライトアップの光だけが華やかだった。

「新撰組《しんせんぐみ》の土方《ひじかた》って、あそこの戦いで死んだんだよな。俺、最初ドカタって読んでたけど」

黒木がクスッと笑う。

「俺もだよ。新撰組も最後には、隊長の近藤勇《こんどういさみ》が板橋で斬首、副長助勤の沖田総司《おきたそうじ》が江戸で病死、副長の土方がここまで流れてきて戦死だ。武士になりたい一心で幕府の浪士組募集に応じ、京都に行って新撰組を名乗ってから、わずかに五年しか存続しなかった。生き残って明治政府に出仕した隊士も多いけどね。京の治安を維持するための武力部隊だったから、力によって立つ者は力によって滅びる、ってとこかな」

このあたりの土地も、その戦いの血を吸っているのだろうと思いながら、ようやくやってきた市電に乗る。今度は寝ないように気を付けて大町まで行き、降りてコンビニで夕食を買った。教会に帰り着くと、すぐにシャワーを使い、夕食を済ませて寝袋に入る。

「明日の日の出時間を調べて、アラームをかけよう」

黒木の声を聞きながら眠りに落ちた。起きたのも、黒木の声によってである。

「おはよう、青少年。顔洗って、歯磨きしてきなよ」

まだぼんやりとしたまま立ち上がり、礼拝室の隅についている洗面台で身づくろいをした。朝は、弱い。黒木は床に修道院の平面図を広げ、その前で胡坐《あぐら》をかいている。

「突入の朝だぜ。蛋白質《たんぱくしつ》を、どうぞ」

牛乳パックを差し出され、受け取って座りながら疑問に思った。こいつ、いつ寝てるんだ。

「よく見ろ。手順を確認する」

唇をすぼめてストローを吸う和典の前で、黒木は人差し指を平面図に突き、一階の南側階段から三階までの侵入経路をなぞった。

「三階のほとんどは、教会堂だ。その北側に、小さな部屋が四つ」

細い指先で、その一つ一つに丸を描く。薄いピンク色をした爪は、昨日見た桜の花弁《はなびら》のようだった。

「この四つの部屋の北側には、回廊を巡らせた四角い庭と大きな細長い部屋が並んでいる。この回廊の北西の隅に、もっとも小さな部屋が一つ。モン・サン・ミシェルでは、ここが古文書保管室になっているんだ。あの修道院でも、文書類を収納するスペースとして使っている可能性がある」

ストローの端を噛みながら、その位置を頭に刻みこんだ。

「手紙、領収書、預金通帳は、とにかく三階のどこかにある。埋蔵金もだ。若武と咲蘭もいるはずだ。しつこく言っとくが、先に証拠を押さえろよ。救出は後だ。いいね」

真正面からにらみすえられて、黒木の目の威圧感に驚く。この力を、普段はどこに隠しているのだろう。

「平面図、撮れ。スマホは充電しといた。生命線だからな。着音もバイブも切っとけよ。おまえのはアメリカ製だから、シャッター音も切れるはずだ。ストロボもな。これが手袋、水、サバイバルナイフ、油性ペン、携帯用充電器、ペンライト、小さいが強力な奴《やつ》だ」

自分のボストンバッグから次々と取り出し、床に並べて、最後に革のホルスターを出す。家を出る時に修道院潜入まで想定して準備したのだろう。

「服の上からでいい、着けろ」

それを受け取り、両腕を通してベルト部分をウエストに巻いてから尾錠《びじょう》を締める。革帯の表面に付いているポケットに、充電器と水、ナイフ、ライトを差しこんだ。

「スマホもだ。服のポケットじゃ、滑り落ちる危険がある」

寝袋の枕元に置いてあったスマートフォンを取り上げ、まず平面図を写そうとして着信ランプに気づいた。昨夜から七件も入っている。最後の一件はメールだった。誰かが急いで連絡してきたらしい。もしかして若武か。あわてて開ける。

送信者の名前が目に入り、まだぼんやりとしていた頭が突然、鮮明になった。七件、すべて母からだった。そのまま全部をゴミ箱に投げこんでしまいたい気分で、メールボックスを開く。

「何度かけさせるのよ。電話に出なさい。いったいどこにいるの。いつ帰ってくるの。すぐ連絡しないと、帰っても家に入れないからね」

心に濃い影が落ち、広がって和典を呑《の》みこむ。何もかもを自分で決め、好きにしていられるのは今だけなのだと思い知らされた。家に帰れば、母が圧《の》し掛《か》かってくる。その支配下で、和典はまたシェルターに逃げこむしかないのだ。それは、どちらかが死ぬまで続く関係なのだった。

「どした」

アルビ派の輪廻転生《りんねてんせい》が脳裏をよぎる。違う母親を手に入れられたら。今の人生ではないまったく新しい人生を生きられたら、どんなにいいだろう。

「なんでもね」

着音やシャッター音を切り、ホルスターに突っこんだ。連絡なんか、してたまるか。ウィンドブレーカーを摑《つか》み上げ、ホルスターの上から羽織《はお》る。

「じゃ仕上げに、朝メシ」

サンドイッチの入ったビニール袋が目の前にぶら下がった。和典はそれを摑み、黒木に続いて立ち上がる。

「行こうか」

サンドイッチに食いつきながら、明るくなり始めたばかりの街を歩いた。空になった袋をズボンの前ポケットに押しこんで始発に乗る。体に巻きついている革帯の感覚が緊張を誘った。自分が尋常ではない事を始めるのだという思いが、次第に強くなっていく。うまくいくのだろうか。不安に囚《とら》われながら、隣で吊《つ》り革《かわ》に摑まっている黒木に目をやる。黒木もこちらを見た。

「なんて目だ」

肘で、頭を小突かれる。

「ヒーローになる男が、迷子の子犬ちゃんになってるぜ」

確か幼稚園で、そういう歌を習った気がした。

「それ、猫だろ」

黒木は、何が問題なんだと言いたげに眉を上げる。

「俺は、犬の方が好きだ。猫なんか、迷わせとけばいい」

意外にも、横暴だった。

「ついでに言えば、雀《すずめ》と燕《つばめ》は好きだが、烏《からす》と鳩《はと》と椋鳥《むくどり》は絶滅しろって思ってる」

妙におかしくなる。笑いながら和典は、ここまできたらやるしかないと思った。やってやる。

「次、降りるぞ」

蠣崎は来ているだろうか。来ているような気もしたし、そうでないようにも思えた。昨日は来てほしくないと考えていたが、今は違う。後で面倒が起きてもいい、素晴らしい武器を持って駆けつけて自分を助けてほしいと願っていた。

2

「おはよ」

桜坂の出入り口の壊れた門扉のそばに、ぽっちゃりとした笑顔が待っていた。ほっとしたが、和《やわ》な顔は見せたくなかった。

「どういうふうに役に立つんだ」

問《と》い質《ただ》すと、蠣崎《かきざき》は、すぐそばに停《と》めた自転車を振り返った。

「梯子《はしご》持ってきた。ほら、あの柵を乗り越えるのに必要かと思って」

荷台に、折り畳《たた》まれた梯子が載っている。規模の小さすぎる援助に、力が抜けた。

「あ、そう。ありがと」

こいつを頼りにしようとした自分が馬鹿だったと心で罵《ののし》りながら門を通り、桜坂を上る。花々は朝の光を浴び、宿った露を輝かせて震えている。昨日よりさらに花の数が増え、あたり一帯にベビーピンクの霞《かすみ》でも立ちこめているかのようだった。彩られた遊歩道は、桃源郷に続く道宛《さなが》らに美しい。咲蘭《さら》がいつか、この道をきれいだと思えるようになってくれるといい。そのために今日があるのだと、自分に言いきかせた。

遊歩道を上りつめた所に、立ちふさがるように柵がある。和典は立ち止まり、着ていたウィンドブレーカーを脱いで後ろから来た黒木に渡した。手袋をはめる。

「行ってくる」

梯子を持って付いてきていた蠣崎が、それを伸ばして柵にかけた。一段目に足を載せ、地面にしっかりと食いこませてからこちらを見る。

「ほら使って」

このくらいの高さなら梯子なんか必要ないと言いたかったが、蠣崎の後ろで黒木が、使ってやれよという目をしていた。しかたなく足をかける。

「俺たちは、ここで待機してる。何かあったらメールで知らせるから、定期的にチェックしろ」

そう言いながら、嗾《けしか》けるような笑みを浮かべた。

「わかってると思うけど、持ち時間は正午までだぜ。少年版シンデレラってとこだね。十二時の鐘が鳴ったら、少年上杉はヒーローの翼を失うんだ」

急いで梯子を上がり、向こう側に飛び降りる。片手を上げ、取りあえずVサインを出しておいた。

「正午までに必ず、二人を連れて出てくる」

柵を背にして立ち、左右の様子を窺《うかが》う。風以外に、動くものはなかった。目の前には庭があり、正面に数段の階段とそれに続くテラスが見える。近寄りながらスマートフォンを出し、三階に続く階段の位置を確認した。

テラスを歩き、階段のあるはずの所まで行くと、壁に大きな樫材《かしざい》の扉が嵌《は》めこまれていた。ノブの代わりに金色の輪が付いている。それを摑《つか》み、手前に引いたとたん、軋《きし》むような音が響き渡った。

心臓が縮み上がる思いで、いったん手を止める。間から向こうをのぞけば、中は真っ暗だった。扉の隙間に爪先を突っこんでおいてペンライトを出し、照らしてみる。円天井を掲げた二畳ほどの部屋で、突き当たりに幅の広い石の階段が見えた。

音がしないように少しずつ扉を開き、中に入る。ペンライトで足元を照らしながら突き当たりまで行き、階段に足をかけた。靴底が石にこすれ、上へと続いている空間に谺《こだま》する。やむなく靴を脱ぎ、滑る靴下も脱いで裸足《はだし》になった。駆け上がる。

いくつもの踊り場を挟んで曲がりながら続く階段は、二階から屋外に出ており、いきなり朝日が降り注いできた。まるでトンネルから抜け出した時のようで、和典はまぶしさに頰を歪《ゆが》める。大きく息をつきながらペンライトを切り、ホルスターに差しこんだ。

下から写真を撮った時には写っていなかったが、周りの壁には何かを削り取った跡が目立つ。きっと十字架や磔刑像《たっけいぞう》なのだろう。カトリックの教会であった時には崇《あが》められていた象徴が、見方を変えれば嫌悪され、排除すべきものになるのだった。

階段を上りつめると、広場のようなバルコニーに出た。スマートフォンで三階の図面を呼び出しながらあたりを見回す。正面奥に見える建物は、図面によればこの三階のほとんどを占めている教会堂だった。調べたいのは、その北側にある部屋なのだ。方位から考えて、こちらに見えているのは教会堂の南側袖廊《しゅうろう》だろう。和典は、自分が泊まっている教会堂の構造を考える。袖廊なら、側面出入り口があるはずだった。そこから入って教会堂を横切れば、北側の部屋に出られる。

近づいていくと、艶のある胡桃材《くるみざい》の扉が見えた。ここにも何かを削り取った跡がある。重厚な感じの扉の割には呆気《あっけ》なく開き、その向こうは内陣だった。横に長いローマ十字の形をし、二つの側廊を備えている。静けさの中に朝の光が満ちていた。

右手には、ドーム型の天井を持つ後陣がある。そこから壁にかけて六枚の巨大なガラスが嵌《は》めこまれていた。それらを通して射しこむ光が和典に届く。まるで光の籠のように空間全体が輝き、床にできるはずの影さえも干し上げてしまっていた。

圧倒的な光の洪水の中で、和典は自分を小さく感じる。心の底まで流れこんでくるその光が思考を奪い、体を内側から照らし出した。自分がただの光の塊となり、あたりに同化していくような気がする。静寂の中から大声が聞こえてきた。おまえは転生する。新しい人生を生きる事ができる。その声に共鳴する自分を止められない。心が激しく揺さぶられ、眩暈《めまい》がした。

「ヤベぇ、俺」

目をつぶってその場にしゃがみこみ、スマートフォンを握りしめる。落ち着けと呪文のように繰り返しつぶやいていて、何とか顔を上げた。

「行くぞ。行けるよな」

石の床を素足で踏みしめ、袖廊が十字に交わる場所を横切って北側の袖廊に立つ。スマートフォンで再び図面を呼び出し、四つの小部屋の位置を確かめてその通りに歩いた。

不滅の魂、いく度でもやり直せる人生は魅力的だった。それには、ただ教義を信じればいいだけなのだ。心を開き、受け入れるだけでいい。歩きながら和典は、神も悪魔もあまり違いがないなと思った。両者とも、こう言うのだ。

「おまえの願いを叶《かな》えてやる。代わりに、心を差し出せ」

最初の部屋の前に立つ。中には、若武と咲蘭がいるかもしれなかった。息を詰めながら、わずかにドアを開ける。天井が低く、石の壁がむき出しになった狭い部屋だった。窓もなく、家具もない。一瞬で隅々まで見渡せてしまい、捜しているものがない事は明らかだった。隣の部屋に向かう。

次々と四つの部屋を見たが、どれも同じだった。多少焦《あせ》りながら、北側の袖廊から外に出る。そこに芝生の庭があった。薔薇《ばら》と柘植《つげ》が交互に植えられた四角い庭で、周囲を回廊に囲まれている。修道院の大屋根と同じ青いエナメル瓦を葺《ふ》いた屋根の下に、彫刻の施された大理石の細柱が立ち並んでいた。わずかに風が吹きすぎる。天使が降りてきそうな穏やかな空間だった。

回廊を歩き、北西の隅にあるはずの古文書保管室を捜す。ところが図面には載っているものの、実際にその場に立つと、ただの壁があるばかりだった。吹き抜けの回廊の外側は手摺《てす》りのついた外壁で、その向こうには千畳山が広がっている。芽吹きの時期を迎えた樹々が枝を繁らせていた。

もしかして古文書保管室は、当初はあったものの、途中で閉鎖されたのかもしれない。あるいは地震の折に崩れ、そのまま再建されなかったとか。そうだとすれば、船越組に記録が残っているはずだった。和典は黒木にメールを打つ。

「古文書保管室、発見できず」

きっと黒木が何か言ってくるだろう。それを待つ間に、回廊の東側に隣接した長方形の部屋に向かった。二百m走のトラックが取れそうなほど大きな部屋で、ボートの底を逆さにしたような半円アーチを描いた木組み天井があり、それ以外は何もない。これで三階の部屋はすべてだった。証拠品はなく、若武も咲蘭もいない。こんな事は予想もしていなかった。呆然《ぼうぜん》としてつぶやく。

「どうするんだ」

3

天井を仰いで立ちつくし、口の中で円周率の数字を並べる。πの秩序に自分自身をのめりこませ、混乱する心を整理しようとした。深く息を吸い、数字を規則通りに並べていく。頭にある羅列を口に出す事に集中し、その神秘的な繋がりに感嘆しながら小数点以下五百桁を超えた所で、ようやく気持ちが纏《まと》まった。同時に奇妙な事に気づく。この三階には若武と咲蘭《さら》だけでなく、複数名の完全信徒がいるはずだった。その姿が見当たらない。耳を澄ませても、人の気配は感じられなかった。澄んだ静けさが次第に底冷えのする冷たさに変わっていき、背筋を這《は》い上がってくる。

身を震わせながら、和典はその部屋を出た。とにかく三階には何もないのだ。残る部分を調べるしかない。階段まで戻り、それを下りて二階に踏みこむ。スマートフォンの画面に図面を浮かび上がらせ、目の前の部屋と突き合わせながら進んだ。数多くの礼拝室や部屋が並んでおり、塔や貯水槽、トイレ、厨房《ちゅうぼう》、浴室もある。その一つ一つに入ってみた。

だが、どこにも何もない。手紙や領収書や預金通帳を収納してあるはずの家具というもの自体が見当たらないのだった。部屋には机も箪笥《たんす》もなく、礼拝室には祭壇も聖像も十字架もない。厨房には、長い流しの縁にわずかな食器が積み重ねてあるだけだった。もちろん人の姿もない。

一階に下りると、画面に表示されている通り岩盤の占める割合が多く、その周りにいくつかの部屋と中庭があった。一室一室当たってみる。しかし二階と同様、何も置かれておらず、人の姿も見当たらなかった。黒木からの連絡は、まだない。

和典は苛立《いらだ》ち、くしゃくしゃと髪を掻《か》き回した。もうこれ以上見る所はない。なぜ誰もいないのか。若武や咲蘭、そして完全信徒たちは、いったいどこに行ってしまったのか。

打つ手に窮し、階段にしゃがみこむ。ぼんやりと三枚の図面に目を落としていて、黒木にからかわれた墓地をまだ見ていなかったと思いついた。まさか咲蘭たち全員が墓地に隠れている事もないだろうが、他に見る所がなく取りあえず三階に向かう。

平面図によれば、階段を上り終えた隣が墓地である。黒木が言ったように十字架の列を想像していたが、意外にもそこには花壇が広がっていた。いくつかの区画に仕切られており、植えられた様々な草木が風に揺れている。壁の十字架を削り取ったくらいだから、墓地の十字架も撤去してしまったのだろう。

ふと考える。遺体は、そのままなのか。しゃがみこみ、視線を低くして土の表面を見て歩く。最近、掘り返した跡はなかった。花壇の端まで確認し、身を起こしたとたん、途中から切り取られている数十本の草が目につく。多くの切り口はもう萎《しお》れていたが、十本ほどはまだ新しく、中央が空洞になった茎の断面から露が盛り上がっていた。

同種で切り取られていないものもある。五十cmほどの高さで茎が太く、菊に似た葉を持っていた。房状の黄色の花も付いている。露の出方から見て、これを切り取ったのは今朝だろう。完全信徒は祈る事しかしないという話だから、咲蘭がやったのに違いない。やはり、この修道院のどこかにいるのだ。

和典は、息を呑《の》んであたりを見回す。厚い壁や窓の向こうから、咲蘭の二つの目がこちらを見ているような気がした。緊張で顔も体も強張《こわば》ってくる。頭を振って幻想を追い払い、スマートフォンで切られた草を撮影した。全形から葉、花、茎のそれぞれをクローズアップして撮り、メッセージを添える。

「これ、何の草か教えて」

小塚に送った直後、メールの着信があった。小塚にしては素早すぎると思いながら開くと、黒木からだった。

「蠣崎《かきざき》が船越組にすっ飛んでいって、当時の設計図を見てきてくれた。三階の古文書保管室は、内部の階段で階下にある部屋につながっている。出入りは、この二階の部屋からしかできない。建設当時は二階の部屋を写字室として使う予定で、ここで作成した文書を三階に運んで保管したらしい。他にも教会の帳簿や資産などを入れた金庫を置くために、隠し部屋にしたようだ。二階の部屋の北西の壁の一部が開くようになっているとの事。開け方は不明。上杉先生の努力を期待する」

和典は階段を駆け下り、二階に飛びこむ。古文書保管室の真下を目指して走っていくと、先ほど見た巨大な部屋に突き当たった。

南側が散策場に面し、そこから入る光が部屋の中をぼんやりと照らしている。天井には交差リブが大きな鱗《うろこ》のように連なっており、壁に通路が通っていた。まだ教会として使われていた当時、ここで聖職者が写本をしたり、彩色を施したりしていたのだろう。北側の壁には背の高い花崗岩《こうがん》の暖炉が設《しつら》えられている。この建物の中で暖炉があるのは、この部屋だけだった。神に身を捧《ささ》げた人々の厳しい毎日を思いながら、北西の壁の前に立つ。

モザイクのように細かな石を組み合わせ、積み上げてある壁だった。出入り口らしきものはどこにもなく、もちろん取っ手もない。押してみても動かなかった。

和典は、両の掌《てのひら》で壁をなぞってみる。目をつぶり、精神を集中して少しずつ指を動かしていくと、所々に石と石の継ぎ目が深くなっている部分があった。ホルスターから油性ペンを抜き、そこに印をつける。壁の端から端まで手でなぞっては印をつける作業を繰り返した。やがて壁の上に、油性ペンで描かれた一枚のドアの輪郭が浮かび上がる。達成感に満たされながらそれを眺めた。さて、どうすれば動くのか。

モン・サン・ミシェルの設計図を使って明治時代に造られたと考えれば、電動ではありえない。その後ここに入った聖なる光修道院も、文明の利器を拒否しているところから、電動化はしていないだろう。となると開閉は、昔から使われてきた力学的方法によるはずだった。発条《バネ》か、梃子《テコ》か、レールが敷いてあるか、滑車で吊《つ》り上げるか、あるいは引き落とすかだ。

しゃがみこんで床材の擦《す》れ方を見る。前面左手の床石に、細長い擦り跡があった。長さは、油性ペンで描かれたドアの横幅とほぼ一致する。引き戸らしい。和典はドアの左右の端に手を伸ばし、わずかな石の継ぎ目に指先を入れて両手で摑《つか》んだ。擦り跡の方に動かしてみる。一瞬、動いた。だがすぐ何かに引っかかるかのように傾《かし》いで止まり、そこから先はびくともしない。どうも鍵がかかっているらしかった。

普通の鍵なら、ピンなどを鍵穴に差しこみ、中のフックに引っかけて回せば簡単に外れる。和典が悪ガキとか、犯罪者集団と呼ばれていた頃には、ビニ傘の骨で鍵外し器を作り、持ち歩いていた。開けた鍵の数は半端ではない。黒木が持たせてくれたサバイバルナイフの中には、錐《キリ》か千枚通しが収納されているはずで、それを使えば簡単な事だった。だが目の前のドアには、鍵穴がない。

舌打ちしながら部屋の中を見回した。どこか別の場所で開閉をコントロールしているのかもしれないと思ったが、それらしきものは見当たらない。代わりに、暖炉の脇に付いている十字架が目に入った。

どこからも徹底して削り取っているというのに、ここだけ残してあるのは、なぜだろう。不思議に思いながら、はっとした。それは削り取る事ができなかったのではないか。なぜなら内部につながっているから。

走り寄り、十字架を鷲摑《わしづか》みにする。押したり、引いたり、上下させたり回したりしているうちに、かすかな音がした。再びドアの前に戻る。ドア全体が緩《ゆる》んだかのように壁から迫《せ》り出しており、その両サイドに手をかける窪《くぼ》みが見えていた。

それを摑み、左に引っ張る。ゆっくりと壁が動き、向こうに暗い穴のような空間が現れた。ペンライトで照らせば、石の螺旋《らせん》階段である。階上に続いていた。

解き放たれた猟犬のように嬉々《きき》として駆け上がる。一段の高さが十㎝ほどしかない階段で、じれったく、五、六段飛ばして上りつめた。突き当たりの小さな木のドアを開く。

中に溜《た》まっていた光が一気に溢《あふ》れ出してきて一瞬、目が眩《くら》んだ。四畳半ほどの広さの、三方に小窓を持つ部屋だった。壁際に机と椅子がひっそりと置かれている。ここに来て初めて目にする家具だった。この建物の中は、もう全部捜した。ここ以外にない。この中に違いない、絶対この中にある。

高ぶる気持ちを抑えようとして、まず窓に歩み寄り、外を確認した。先ほど回廊から見えた景色がやや南寄りに広がっており、ここが北西の端に設けられたという古文書保管室である事は間違いなかった。机に向き直る。

古い机だった。焦げ茶色で、天板の周囲とサイドに細かな蔦《つた》模様が彫りこまれ、チッペンデールの猫脚が付いている。所々が剝《は》げたり欠けたりしていたが、和典にとっては、やっとたどり着いた宝の隠し場所だった。

手紙も領収書も通帳も、この中に必ずあるはずだ。歩み寄り、ホルスターからスマートフォンを抜いて机の上に置く。これでようやく証拠の画像を送る事ができる。記念すべき一枚目は、机の中に入ったままの状態を撮ろう。そう思いながら片手でスマートフォンを構え、もう一方の手で一番上の引き出しを開けた。

何もない。次の引き出しを開ける。そこも空だった。三番目にも、何も入っていない。焦《あせ》りながら全部の引き出しを開け、納得できずにそれらを引き抜き、奥から裏まで見回した。椅子も引っくり返してみる。どこにも何もなかった。窓から射しこむ光の中で、舞い立つ埃《ほこり》が静かにきらめく。思わず声がもれた。

「ちっきしょう」

4

その場にしゃがみこむ。なぜないのか、ないはずはない。それとも、あると思ったのが間違いだったのか。どこで間違ったんだ。ここに至るまでのプロセスを思い出そうとする頭に、混乱する気持ちが絡《から》みつき、鼓動が速くなるばかりだった。何の考えも浮かばない。

「くっそ」

両手で腿《もも》を叩《たた》いて立ち上がり、円周率をつぶやきながら引き出しを元に戻す。椅子を立て直し、その背もたれに両手を突いた。何とか記憶を甦《よみがえ》らせようとし、目を眇《すが》める。

咲蘭《さら》は昨日、駅で黒木と出会い、若武について追及されてここに逃げ帰った。和典たちが来た時には門を閉め、閉じこもっていたのだ。その後は、おそらくどこにも出ていない。だから証拠は、この建物内のどこかにあるはずなのだ。

少しずつ落ち着きが戻ってきて頭が動き始め、黒木の言葉を思い出す。駆けつけてきた時には、煙が上がっていた。もしかして処分したのか。

身をひるがえして古文書保管室を飛び出し、転げ落ちるように階段を下りた。隠し部屋のドアから出て、この建物内でただ一つの暖炉に駆け寄る。

幅が二mはありそうなその暖炉の中、薪置台の下に、わずかばかりの白い灰があった。夢中で両手を伸ばし、摑《つか》み取る。燃え残った紙の端に、北海道の銀行の名前が読み取れた。

「やられた」

くやし紛《まぎ》れに握りしめた手から、灰がこぼれ落ちる。咲蘭は、証拠隠滅を図ったのだ。あの机に入っていた物は灰になり、犯罪を立証する手立ては、もう何もない。

自分の無力さに歯ぎしりする。証拠も押さえられず、若武も見つけられない。完全に行き詰まったこの状況を、いったいどうするつもりだと自分を問い質《ただ》した。何とか突破口を見つけ、打開しなければ、英雄どころか男ですらない。

目紛《めまぐる》しく考える。埋蔵金は全部、換金されたとは限らない。まだどこかに残っている可能性があった。それを見つければ犯罪の証拠になる。隠し部屋があるくらいだから、他にも仕掛《しか》けがあるかもしれなかった。それを捜し出すか。それとも黒木の言っていた通り、証拠を捏造《ねつぞう》するか。あるいは若武を捜し回るか。いっそ黒木に現状を報告し、相談するか。いや正午までは、自分の時間だ。一人の判断でやる。

残り時間を確かめようとして、スマートフォンを置いてきたと気づいた。あわてて階段を引き返す。机の上においてあったスマートフォンに手を伸ばすと、着信ランプがついていた。小塚からメールが届いている。

「送られてきた画像の件。お尋ねの草の名前は、黄華鬘《キケマン》。黄華鬘属芥子《けし》科の越年草。中国では薬草として使われるが、日本では薬用にされてない。花にも茎にも根にも、つまり全草にアルカロイドのd－－テトラヒドロパルチマンやn－ヘントリアコンタノールなどを含有する。摂取するとアルコールに酔ったようになって眠り続けたり、瞳孔が収縮したり、脈が弱くなったり、心臓マヒを起こしたりする。死亡にまでは至らない」

肩に、冷たい手が載る。息も止まる思いで振り向くと、そこに咲蘭が立っていた。

「何をしているの」

見つかった焦《あせ》りと、やはりこの中にいたのだという思いが入り混じり、動揺を抑えられない。こういう時は、いつもの円周率に頼るしかなかった。口の中で3・14以下の数字を並べつつ、頭を冷やす。

「あなた、一昨日、ここで写真を撮った人ね」

咎《とが》めている様子はなかった。これほど建物の奥まで侵入しながら、勉強会を持ち出して通るかどうかは疑問だったが、取りあえず試してみようという気になる。

「すみません。声をかけたんですが、返事がなかったので入ってしまって。興味深くて、いろいろ見せてもらっていました。あ、勉強会に参加しにきたんです」

咲蘭は、哀《かな》しげな微笑《ほほえ》みを浮かべた。

「ごめんなさい。勉強会は、もう開かないの」

他人の言葉を、ほんの少しも疑わない。その無防備さに胸を突かれた。

「この修道院は閉鎖する事になりました。遠くに行くので」

真《ま》っ直《す》ぐにこちらを見るその目から、奇妙な浮遊感が漂い出す。黒木から聞いていたそれを、実際に感じたのは初めてだった。目の前に立っているというのに、スクリーンに映っている映像のように見える。手を伸ばしても摑《つか》めず、その体を突き通して向こう側に出てしまいそうだった。

「どこに行くんですか」

咲蘭は、答に迷う様子もない。

「私たちが帰るべき所、私たちの霊が待っている所に、です」

死ぬつもりなのだ。言葉を見つけられずにいると、咲蘭は思い出したように顔を輝かせた。

「勉強会の代わりに、教義を書いた本を差し上げましょう。私は、もういらないので」

止めなければならない。どうすれば止められるだろう。そう考えながら頷《うなず》いた。

「ついてきて」

長い髪をひるがえして先に立つ。肩幅の狭い、ほっそりとしたその姿を見ながら後を追った。いきなり核心に切りこんだら、おそらく態度を硬化させるだろう。咲蘭の心に飛びこむチャンスを作ろうとし、当たらずといえども遠からずの話題を選ぶ。

「この修道院には十字架とか、ほとんどないですね。祭壇もないし、家具もないんだ」

足を速めて肩を並べ、咲蘭の顔を見た。わずかに微笑んでいる。

「十字架は、人間が天使を迫害した証拠、嫌悪すべきものであるというのが聖なる光修道院の考え方です。祭壇を祭らないのは、信仰が物質に結びつく事を認めないから。論拠は、旧約聖書の中の出エジプト記第二十章四、いかなる像も作ってはならない、です」

旧約聖書というのは、カトリックも聖典の一つとしているものだった。だが十字架像は多くのカトリック教会や、バチカンの大聖堂にも置かれている。黒木がアルビ派について、もっとも厳格で純粋なカトリックと言っていたが、その通りかもしれなかった。もし十三世紀の南仏でアルビ派が勝利していたら、今の力関係は逆転し、カトリック教会こそが異端とされていただろう。

「家具を置かないのは、様々な物を所有する事が教義に反するからです。私たちはできる限り物を持たず、最低限の生活をしています。清貧である事、それが教えです。それから人を裁かない事、これも教えです。他人が正しいか正しくないか、何が善で何が悪なのかについて、自分の主観や噂《うわさ》などで軽率に決めつける事を戒めているのです。他には魂の浄化に努めるとか、勇気を持つとか、そういった事が大切だとされています」

自分の心の中を見つめるようにして話しながら、和典に目を向ける。

「あなたには、悩みがありましたね」

ちょうど北側の部屋の間を通り過ぎ、袖廊《しゅうろう》から教会堂に足を踏み入れていた。そこに満ちている光は、先ほどより強くなってきている。

「よかったら、聞きましょうか」

和典は目を伏せる。この場所が苦手だった。溢《あふ》れる光に押しつぶされそうな気がする。

「別に、いいです」

咲蘭は軽い笑いをこぼし、再び歩き出した。

「あら、勉強会に参加しにきたくせに」

内陣に向かう。

「悩みを解決するヒントを手に入れたかったんでしょう。お言いなさいよ」

和典は口を引き結んだ。母を思う。その支配から逃れたかったが、どちらかが死ぬまでは無理だとわかっていた。教会堂に満ちる光の中から、大きな声が甦《よみがえ》る。おまえは転生する。新しい人生を生きられる。和典は、これまでに何度か繰り返した言葉をもう一度、反芻《はんすう》した。そのためには、教義を信じればいいだけだ。思い切って口を切る。

「輪廻転生《りんねてんせい》って、ほんとにあるんですか」

カツンと踵《かかと》の音をさせて咲蘭が止まり、こちらを見た。

「あります」

きっぱりとした言い方には、それを現実のものとしようとする力が漲《みなぎ》っていた。

「魂は不滅です。人間は何度でも転生するのです」

心に押し入り、そこにあるすべてを叩《たた》き壊し、踏みしだくような激しさだった。打ち砕かれた残骸の中から別の人生が芽を吹き、立ち上がってくる。たちまち枝を伸ばし、緑を茂らせ、実を付けるそれに和典は揺さぶられた。目の前に開けていく新しい一生に誘われ、心を奪われる。何度もの転生、それは永遠の生命を手に入れるのと同じ事だった。ただ教義を信じるだけでいい。

「転生が止まるのは、自らの意志で魂を清め、神の国で待っている霊と合体した時だけです。それを天への帰還と呼びます。帰還こそが、希望のすべてです。それが私たち本来の姿なのですから。こちらにいらっしゃい」

再び歩き出した咲蘭は、袖廊と後陣回廊の間で立ち止まる。目の前の壁には、大きな扉が付いていた。

「ここは聖具室の一つで、教義書を収めてある所です。あちら側にも、もう一つあって」

人差し指を伸ばし、南側の袖廊と後陣回廊の間を指す。

「祭事に使う道具が入っています。ほんのわずかな物ですが。この二つの聖具室は左右対称で、後陣回廊の下を通る通路でつながっているのです」

扉を開ける咲蘭を見ながら、学校の講堂を思い浮かべた。ステージの両側に音響装置や椅子を収納してある小部屋があり、地下を通る通路でつながっている。

「どうぞ」

扉の向こうは、薄暗い部屋だった。開いたドアの間から教会堂に溜《た》まっていた光が流れこみ、天井まで届く巨大な本棚を照らし出す。右手には数段の下り階段が見えた。後陣回廊の下をくぐる通路なのだろう。咲蘭は本棚の前に歩み寄り、数冊を選んで取り出し、重ねてこちらに差し出す。

「お持ちなさい」

受け取ると、ずっしりと重かった。表紙は優美な細密画で、植物とも動物ともつかないものが描かれ、金と紫の彩色が施されている。飾り文字で書かれているのはタイトルらしかったが、まったく読めず、ただ四隅に配されている魔方陣だけがわずかに理解できた。小学生の頃、解き方に熱中した事がある。

「『二原理の書』と『ヨハネ問答録』、『イザヤの幻視』、それに『典礼書』です。あなたに差し上げます」

表紙に視線を落としながら咲蘭は微笑む。そこから再び奇妙な浮遊感が漂い出て、咲蘭を包んだ。和典は不思議に思う。これは、いったい何なのだろう。

「教義書はオック語です。言葉を知りたければ、トゥールーズ大学の教授か、あるいはフランスのオード県アルクに、その研究者だった人物の後継者が住んでいます。連絡先を書いてあげましょう。メモするものがありますか」

和典は両手に持っていた本を片腕で抱え、ホルスターからスマートフォンを抜く。

「あなたの転生を見られないのが残念です。私はもうすぐ天に帰還し、二度と転生しませんから」

摺《ず》り落ちそうな本を片膝で支えながらメモ帳のアプリを開いて差し出した。瞬間、咲蘭が身を引く。

「近づけないで。私は帰還の準備中です。触れません」

あせって引っこめたとたん、バランスが崩れた。本が音を立てて床に散らばる。

「すみません。今、集めます」

スマートフォンを収め、急いで三冊を拾った。四冊目は、階段の下の方まで飛んでいる。そこまで行って取り上げ、壁にある採光口の薄明かりの中で破損を確認した。

「大丈夫でした」

ほっとしながら、自分の足が柔らかな物を踏んでいる事に気づく。見れば通路の脇に、筒形に丸めた毛布がいくつか積み上げてあり、その巻きが緩《ゆる》んで、端がこちらに出ているのだった。あわてて足をどける。瞬間、巻いた毛布の中から突き出している褐色の手が見えた。指が五本ある。

息を呑《の》みながら、迷った。見なかった事にするか、それとも追及するか。どうしようと考えつつ、根源的な問題に立ち返る。いったい自分は、これを見なかった事にできるのか。それは無理だと思えた。ここで目を瞑《つぶ》ったら、一生自分を責めるだろう。

本を床に置き、巻かれている毛布を両手で引きはがす。中から死体が転がり出た。服を着たまま干乾《ひから》びている。閉じた目の縁を小さな虫が這《は》いまわり、開いたままの口は、何かを叫んでいるかに見えた。

和典は、次の毛布に手をかける。古い死体が次々と露《あらわ》になり、床に広がった。全部で七、八体ほどある。腐敗した木のような臭いがあたりに立ちこめ、それを吸いながら自分の中に突き上がってくる強い怒りに身震いした。その激しさの底には、裏切られた哀しみが横たわっていた。

「まぁ、こんなに散らかしてしまって」

咲蘭が階段を下りてくる。

「片づけるのが大変じゃないの」

悪戯《いたずら》な子供を窘《たしな》めるような言い方だった。和典は肩で荒い息を繰《く》り返す。体中が燃え上がりそうに熱くなり、喉がふさがって声が掠《かす》れた。

「何ですか、これは」

咲蘭は身を屈《かが》め、床から本を取り上げる。

「天に帰還した完全信徒の方々の体です。ここにいらした方々は全員、無事に帰還されました。残った体には、もう何の価値もありません。体というのは、悪魔が泥から作った汚れた物ですから。ここでもう少し干したら、地下の穴に捨てます。この修道院の創設以来、すべての方々の体がそこに捨てられているのです」

言葉もない。死者を丸太のように積み、放置しただけでなく捨てると公言して平然としているその精神は、凄《すご》まじい風の吹きすさぶ荒野《あれの》のようだった。それを否定し、そのやり方を断固、拒絶しようとして、強く首を横に振る。

「なんで埋葬しないんです」

声は、噛《か》みつくように響いた。咲蘭は心を動かす気配もない。

「埋葬の習慣はありません。昔から汚物の捨て場に投げこむか、川か山に捨てるか、どれかだったようですよ」

和典は、自分の前に佇《たたず》む咲蘭を見つめる。死者を悼《いた》む気持ちは、人間として必然のものだった。それを持たなければ、もう人間とはいえない。咲蘭の心は、生まれ変わりを信じる事によって荒廃したのだ。信じるというよりは、逃げる事によってかもしれない。恋人を失った悲しみを抱えていられず、耐える努力を放棄して宗教に逃避した。それによって、その精神はこれほどまでに荒れ果てたのだ。

自分を顧みる。母の圧力から逃れたくて、新たな一生を望んでいた。今の人生から生じる痛みを抱えて生きる覚悟をせず、この教義に憧れていたのだった。咲蘭の後をついていこうとしていた。脆弱《ぜいじゃく》な自分に対する憎悪で、吐き気がする。この禍々《まがまが》しい世界と、一秒でも早く決別したかった。すべてをはっきりさせよう。現実という基本の上に立って話をした方がいいはずだ。

「若武は、水木さんじゃありません」

咲蘭は目を見開く。その奥で、夥《おびただ》しい動きが起こった。今まで関わりなく存在していたいくつかの事が、火花が散るような素早さで一つに結びついていく。その流れはやがて収まり、咲蘭は落ち着きを取り戻した。

「知り合いだったのね。気づかなかった」

嘆くように言い、口を噤《つぐ》んでこちらを見る。哀しげだったが、和典が今まで黙っていた事を責めたり、恨んだりする様子はなかった。和典は説得にかかる。

「水木さんが亡くなった事は、あなたが一番よくわかっているはずだ。若武は、水木さんとは別の人間です」

咲蘭は、その目にわずかな笑みを含んだ。

「あなたには、真実が見えていないのです」

優しい口調だったが、その目には不動の光があった。

「真実は、信じている人間にしか見えません。私は、それを信じるためにトゥールーズまで行き、ここに入り、すべてを捧げ、そして彼に出会ったのです。あなたがそれを信じなくても結構。でも私は信じている。あれは、私の彼です」

確固とした眼差《まなざし》は、教会堂に満ちる光のように和典の胸に射しこみ、心に雪崩《なだ》れこむ。これまで身に付けてきたすべてを揺さぶり、強い力でここではない世界に誘おうとした。和典は、必死でこの世にしがみつく。流されまいとして自分自身という杭《くい》に縋《すが》りついた。

「水木さんは、もうあなたの心にしかいない。水木さんが存在し続けられるのは、そこだけです。それを大切にしたらいい。あなたさえ忘れなければ、水木さんはあなたの心で生きられる」

咲蘭は苦しげに頬を歪《ゆが》める。今にも泣き出しそうだった。

「心だけじゃ足りないから」

もどかしげに両手を動かし、言葉を探す。

「そばにいる事をはっきりと感じられるように、抱きしめられるように体がほしいの」

それは、咲蘭が見せた初めての矛盾だった。体は悪魔の創造物だと言いながら、それを求めている。和典は胸を締めつけられるような気がした。荒れた咲蘭の心にも、なおわずかに人間らしさが残っているのだった。痛々しくて、抱きしめてやりたくなる。同時に、これを突破口にすれば咲蘭を救えるとも思った。教義と咲蘭の間にある食い違いを明確にし、それを認めさせれば離脱の一歩になる。

「悪魔の作った汚れた体を、なぜ求めるんですか。あなたは、この世から失われたものを諦《あきら》めれないだけだ。教義を信じているのではなく、利用しているのでは」

なぜもっと優しく言えないのだろうと苛立《いらだ》ちながら、そうできなかった。自分の不器用さを持て余しつつ、咲蘭の答を待つ。

「完全信徒になる前の人間は、悪魔の支配下にあります」

その目から、あの奇妙な浮遊感が迸《ほとばし》り出た。大きくうねりながら咲蘭を呑みこんでいく。

「何をしようと、それは悪魔がさせているのです。私の魂に責任はありません」

今まで摑《つか》めなかった浮遊感の正体が、その時ようやくわかった気がした。それは自分の人生を自分以外のものに預けてしまった人間の空虚さ、自己放棄が生み出す軽さなのだった。

体から力が抜ける。言葉で説得できるのは、自己を持っている人間だけだった。それを捨ててしまった相手は、とても和典の手には負えない。精神医学の専門家に任せるしかなかった。自分の力不足をくやしく思いながら、とにかく若武だけでも連れて帰ろうと心を決める。咲蘭の事はその後で、専門家に相談して手を打てばいい。

「若武に会わせてください」

咲蘭は、しかたなさそうな溜《た》め息をついた。

「ついていらっしゃい」

通路を奥へと歩き始める。その背中を追いながら、和典はそっとスマートフォンを引き抜いた。真っ直ぐ前を向いたまま手だけを伸ばし、床に転がる死体を撮影する。黒木が言った通り、シャッター音やストロボを切っておいてよかったと思った。

通路の端まで歩いた咲蘭は、短い階段を上る。その影が石の踏み板の上を這《は》うように移動するのを見ながら、後ろに続いた。あたりには静けさが満ちている。この修道院の中で生きているのは、和典たちを除けば、もう誰もいないのだった。広い空間に漲《みなぎ》る静寂は、数多くの死から立ち上ってくる匂いに似ていた。咲蘭は階段の途中で立ち止まり、向こうを指差す。

「あそこにいます」

その脇をすり抜け、階段を上り切った。南側の聖具室の床に、毛布に包まれた細長いものが転がっている。ベッドもなく敷き布もなく、石の床の上に直接、虫のように横たわっていた。和典は咲蘭を振り返る。

「あれが」

憤りを止められない。それに流されて言葉がもつれた。

「人間に対するやり方ですか」

咲蘭は、困惑したような表情になる。

「さっきも言いましたが、私たちは家具をほとんど持っていないのです。それに体には、大切にするだけの価値がありませんから」

思わず声を荒らげた。

「あなたは矛盾だらけだ」

5

若武に駆け寄る。その隣には一枚の毛布が、脱ぎ捨てた殻のように丸まっていた。きっと咲蘭が、さっきまでここにいたのだろう。

見下ろせば、若武は、全身を包む毛布から顔だけをのぞかせていた。額に汗を浮かべ、わずかに開けた唇から苦しげな息をもらしている。暑そうだった。和典は枕元に置かれているコップの水を飲ませてやろうとし、手を止める。小塚からのメールが脳裏を過《よ》ぎった。

「摂取するとアルコールに酔ったようになって眠り続けたり、瞳孔が収縮したり、脈が弱くなったり、心臓マヒを起こしたりする」

若武の顔を見下ろし、半ば開いたうっとりとした目を確認した。指を伸ばしてその首筋に当て、脈を測る。微弱だった。

「若武、俺がわかるか」

二つの目が、ゆっくりとこちらを向く。瞳孔は点のように縮んでいた。黄華鬘《キケマン》の中毒症状なのだろう。忌々《いまいま》しく思いながらそのコップを取り上げ、聖具室の隅に放り投げる。

「上杉じゃん。これ、夢か。どうせ見るなら、おまえじゃない方がいいのに」

ホルスターからペットボトルを取り上げ、キャップを取ると、若武を腕の中に抱き起こした。

その唇にボトルの口を押し当てながら思う。俺だって、来たくて来てんじゃねーよ。

「あのさ」

荒い息の間から、震える声がこぼれ出た。

「黙ってたけど、手術した膝の調子すげぇ悪くてさ。今までみたいに思い通りにいかなくって、試合でも結果出せないし、落ちこむばっかだったから、一人になってゆっくり考えたくてさ」

本人の言葉を聞くまでもなく予想通りだった。こんな状況でなかったら、わかりやす過ぎる奴だと突っこんでいただろう。

「だけど黒木から紹介された教会で、ミサに出て色んな人たちを見てて、ちょっとわかった気がした。抱えていかなくちゃならないどうしようもないものって、誰にでもあるんだなって思えたから」

不本意ながら同意する。誰にも、自分の力を超えたものに不当に傷つけられる事があるのだ。それを拒もうとして咲蘭は、あんなにも心を荒廃させたのだった。

「俺は、俺の分を背負っていくしかないかもなって、そこがたぶん俺らしい俺の出発点なんだって考えたら、気持ちが結構、楽になった。そんな時に咲蘭に出会って、放っておけなくってさ、助けてやりたかったんだ。でも何を言っても、心に届かないみたいで」

それは咲蘭が、自分を投げ捨ててしまっているからだろう。その心は、人間から離れたものになりつつあるのだ。

「しっかり説得するために、咲蘭の希望通りにここに入って、まぁ三、四日もあれば解決するだろうって思ってたんだけど、俺、急に体調悪くなってさ、今は眠ってばっかいるんだ。気がつくと寝てる」

和典は、若武を起き上がらせる。

「立てるか」

若武は力なく首を横に振った。和典の腕の中から流れ出るように再び床に横たわる。

「あのさぁ、何でおまえがここにいんの」

若武の手首を握り、自分の肩に回しながら抱き起こした。

「それは、俺がヒーローだからだ」

若武は何か言いたげに唇を動かす。だが声にならず、目を閉じると、そのまま再び眠り始めた。担ぐようにして立ち上がらせ、引きずりながら聖具室の出入り口に向かう。ぐったりとした若武は、水を含んだ絨緞《じゅうたん》のように重かった。

「何をするの」

静けさを突き破り、尖《とが》った声が上がる。

「彼から手を離して」

和典は答えず、出入り口を目指した。

「やめて、連れていかないで」

後ろから咲蘭が駆け寄り、和典の前に回りこんで立ちふさがる。

「やっと見つけたのよ」

頬からは血の気が引き、冴《さ》えた光を浮かべた目がこちらを見すえていた。

「五年もかかって、やっと巡り合ったの。邪魔しないで。一緒に天に帰還するんだから。永遠にそこに住む。お願い、邪魔しないで」

細い体を振り絞るようにして訴える。

「邪魔なんかさせない。絶対させない」

和典は若武の脇から手を離し、スマートフォンを引き抜いた。片手だけで若武の体を支えながら何とか操作し、先ほど撮った遺体の画像を出す。

「俺の指先一つで、つまり一秒の何分の一かで、この画像は友人に届きます。警察にも届きますよ。そこを退《ど》いてください」

咲蘭は両手を髪の中に突っこみ、そのまま握りしめた。髪という髪を全部、引き抜きそうな勢いでこちらをにらむ。二つの目には、胸に吹き荒れる物狂おしい思いが映っていた。失われたものの回復を求め、何が何でもそれに縋《すが》りついて自分の傷を埋めようとしている。傷を傷として認める強さを持てず、それに耐える覚悟ができずに心を彷徨《さまよ》わせているのだった。

「行かせない」

和典は同情しながら、それでも叩《たた》き返すように見返した。

「行きます。退いてください」

どう出るだろう。神経を研《と》ぎすませて様子を窺《うかが》う。咲蘭の緊張はしだいに強まり、しきりに顳《こめ》顬《かみ》を動かした。和典は息を詰めたまま、それを見つめる。このまま緊張が高まっていけば、どこかで爆発するに決まっていた。咲蘭は、実力行使に出るだろうか。そうなれば和典としても対応しやすい。

そう思ったとたん、咲蘭の顔から激しさが引き始めた。その表情がゆっくりと和《やわ》らいでいき、意外なほど優しい顔付きになる。

「そう、わかった」

髪を摑《つか》んでいた両手を下ろし、諦《あきら》めたような笑みを浮かべる。

「じゃ、お別れをさせて。これが最後だから」

要求としては、もっともだった。断る事はできない。だが素直すぎないか。いやに簡単に引いたように思えて、用心しながら若武をその場に横たえた。咲蘭はすぐさま歩み寄ってきて若武のそばにしゃがみこむ。愛おしそうに頰をなで、汗に乱れた髪をかき上げてやりながらこちらを見た。

「もっと離れてて。内緒の話をするんだから、二人きりにして。いいでしょう、これが最後なんだから。階段の方まで下がってて」

しかたなく後退《あとずさ》りし、階段の上段に立つ。瞬間、咲蘭が壁に飛びついた。そこにあった小さな取っ手を引き、開いた穴の中に手を突っこむ。和典の足の下で、何かが外《はず》れるような音が響いた。咲蘭がこちらに目を向けるのと、和典の立っている踏み板が下方に開くのが同時だった。足場を失い、暗闇の中を一気に落下する。

「邪魔はさせないって言ったでしょ」

とっさに、衝撃を回避する体勢を取った。両脚を開き、膝を曲げ、体を前に傾ける。両足で着地し、膝のバネでショックを吸収しながら前転し、受ける痛手を最小限にしようと思った。ところが地面に着いたのは片足だけだった。バランスが取れず、あせった直後、その片足の下にあった地面が崩れる。足を取られて前に放り出され、何か硬いものに叩きつけられた。痺《しび》れるほど強く胸を打ち付け、反動で仰向けに転がる。突き通すように重い痛みが胸部を走り抜けた。息ができない。

「やっべ、これ、アバラやったぞ」

胸を抱え、顔をしかめながら目を開ければ、上から降ってくる光の中に咲蘭の顔が見えた。こちらをのぞきこむように見下ろしている。遥《はる》か遠くで、表情まではわからなかった。

「私は、彼と一緒に天の国に帰還します。さようなら」

その顔が退いて見えなくなり、軋《きし》むような音が聞こえ始める。動き始めた踏み板が光を遮《さえぎ》り、あたりは刻々と暗くなった。

「待て、おい、待って」

音を立てて踏み板が閉じ、真の闇となる。まったく何も見えなかった。和典は起き上がろうとしたが、胸部に強い圧迫感があり、動けない。

「くっそ、マジで折れてんな」

不用意に動くと、折れた肋骨《ろっこつ》が肺に突き刺さる危険があった。舌打ちしながら、緊急課題は何だろうと考える。まず状況の把握か。仰向けになったまま手を動かし、ペンライトを抜いてスイッチを入れた。

照らし出されたのは、四方に壁が立ちふさがっている穴のような空間だった。中央に大量の骨が積み上げられ、あたりの闇の中にも散らばっている。人間の骨だった。頭蓋骨もあり、肋骨も骨盤も手足の骨もある。昔、絵本で見た象の墓場に似ていた。

咲蘭が、死体を地下の穴に捨てると言っていた事を思い出す。ここがそうなのだろう。体に纏《まつわ》り、沁《し》み通ってくるような静謐《せいひつ》の中で、昔は人間だった多くの骨は、ひっそりと無言で積み重なっていた。

その間や地面のあちらこちらに、光る物が落ちている。まるで上から金の雪でも撒《ま》き散らしたかのようだった。目を凝《こ》らしながら、角度を変えてペンライトを当ててみる。楕円形《だえんけい》で薄く、黄《こ》金色《がね》にきらめくそれは、どうやら小判らしかった。大きさに違いがあるところから、いく種類かが混じっているのだろう。おそらく咲蘭が、残っていた徳川埋蔵金を処分したのだ。この修道院には、間もなく誰もいなくなる。金も必要ないのだろう。

穴の隅の方には、石の十字架が寄せ集められている。横になったり斜めになったり引っくり返ったりしているそれらは、どれも古く苔生《こけむ》していた。今は薬草園になっているあの墓地から引き抜かれたのだろう。

どうやら先ほど和典が着地したのは、中央に山をなしている骨の真ん中で、自分の体重と落ちた力で骨を踏み抜き、足を取られながらあの石の十字架群の中に突っこんだようだった。

「状況の把握、完了」

少しずつ体を起こそうとするものの、そのたびに激痛が走る。立ち上がれそうもなかった。やむなく寝ころんだまま黒木に連絡しようとし、自分がスマートフォンを持っていない事に気づく。落ちる前は、確かに手にあった。胸を強打した時に、取り落としたらしい。あれがなかったら、連絡が取れない。自分がここにいる事を知らせる術《すべ》もなかった。一気に冷や汗が噴き出す。

「落ち着け。捜せばいいだけだ」

自分を宥《なだ》めながら十字架の周辺をペンライトで照らす。光を向けるたびに、十字架にびっしりと生えた苔の影や、転がっている骨の間に宿る闇が深くなっていくように思われた。

「落ち着け、必ず見つかる。絶対この穴のどこかにある」

円周率を唱えながら丁寧《ていねい》に目を配り、やがて横倒しになった十字架の脇に転がる頭蓋骨の下に、その端を見つけた。肘を使ってにじり寄り、手を差し出し、指を伸ばして掻《か》き寄せる。

「よし、ゲット」

握りしめ、心の底から溜《た》め息をついた。冷や汗を拭い、急いで黒木に死体の画像を送ろうとしてスマートフォンの表面を払う。瞬間、胸に刃物を押し当てられた気がした。画面が明るくならない。アイコンもメッセージも、まったく浮かんでこなかった。信じられない思いでペンライトを口に銜《くわ》える。照らしながら必死であれこれと操作した。だが、どうしても電源が入らない。

「おい、マジか」

歯ぎしりしながら何度も試すものの、画面は淀《よど》んだ淵《ふち》のように暗いままだった。一瞬の揺らぎも見せない。光を放つどころか、逆にあらゆる光を吸いこむ四角いブラックホールだった。腹立ちまぎれに握りしめ、先ほど咲蘭の顔がのぞいていた踏み板に向かって投げつける。

「Ｄａｍｎ　ｉｔ」

高い音があたりに響いた。

「どうすんだ、俺」

額から耳へと流れ落ちる汗を拭う。顔に上ってくる虫を払い落としながら周りを見回し、自分はもうここから出られないのかもしれないと思った。このまま時間が経《た》てば、体力も落ち、声も出せなくなるだろう。黒木が捜しに来ても、きっと気づかない。その頃には、咲蘭は天に旅立っているかもしれないし、もし生きていてもこの穴の存在や自分のした事を話すとは限らなかった。

暗闇の中で骨に囲まれ、自分自身も骨になっていくところを、映画かアニメのように思い描く。まだ若武を助けていなかったが、自分自身がこれではどうしようもなかった。どうも英雄になり損ねたらしい。

「俺さぁ、楽をして、幸せな思いだけして生きていきたいと思った事は一度もねーよ。男は、荒野で死ねばいいと思ってる。だけどさ、ここかよ。これって穴じゃん。超カッコ悪いだろーが」

声は、湿った闇の中に消えていく。誰も答えず、自分で笑うしかなかった。せめて身形《みなり》くらい整えておこうと考えつく。シャツのボタンをきっちりと上までかけ直した。ここに来て初めて見た黒木の様々な表情が頭を過《よ》ぎる。

あんなに苛立《いらだ》ったり、落ちこんだりする奴《やつ》だとは思わなかった。シュークリームから先に食べようとしたのも意外で、友達でいながら知らない面が多かった。もっと親しく付き合っていれば、楽しかったかもしれない。今、攻略中のゲームを、途中でリタイヤしなければならないのもくやしい。好きな子もいた。気持ちを打ち明けた事はなかったが、いつも気にかけて大切に想《おも》っていた。手の中にスマートフォンがあるつもりで、そのボタンを押す。㋚を三回、㋕を二回、㋟を一回で濁点、そして㋳を三回押し、送信した。

6

「だめだ、切れたままだ」

隣から、蠣崎《かきざき》が画面をのぞきこんだ。

「電池切れかな」

充電器は持たせてある。理性的で用心深い上杉が、充電を忘れるはずはなかった。おそらく充電しようにもできない状況にあるか、もしくはスマートフォンが壊れたか、どちらかだ。何か想定外の事態が起こったのだろう。

「さて、どう動くか」

警察に持ちこみたいところだったが、証拠の画像は手元にない。言葉だけで訴えても、効果は期待できそうもなかった。

「やっぱ、中に入って様子を探るしかないな」

上杉が侵入した時に比べて、課題は一つ増えている。犯罪の証拠の発見、若武の身柄の確保、そして上杉の捜索だった。行ったきりで帰ってこない人間と同じ方法で侵入するのは、危険この上なかったが、別の道が見つからない。

「じゃ俺、行くから」

修道院の柵に手をかけると、後ろから蠣崎が飛びついてきた。

「私も行く」

貴和は向き直り、蠣崎の両腕を摑《つか》んで自分から離す。

「ここにいて連絡役を頼む」

蠣崎は泣き出しそうな顔になった。

「でも、あんたまで戻ってこなかったら、私どうすればいいんだよ」

上杉が必ず戻ると言った正午は、既《すで》に過ぎている。同じ事が繰り返されそうで、不安なのだろう。

「俺は戻ってくる。約束するからさ。誓ってもいいよ。何に誓おうか」

話をさっさと先に進める事で、蠣崎の抵抗を済《な》し崩《くず》しにしようとした。

「君の言う通りに誓うからさ。ね、何に誓おうか」

蠣崎は、しかたなさそうに口を尖《とが》らせる。

「じゃ、あんたが一番大切にしてるものに誓ってよ。それへの愛情にかけて、帰ってくるって約束して」

貴和はちょっと考え、笑みをもらした。

「わかった。俺が今すごく大切に思っているのは、立花なんだ」

蠣崎は眉根を寄せる。

「何、それ。家で、花とか育ててるの」

貴和は笑みを広げながら、片手で宣誓のポーズを取った。

「我が最愛の立花にかけて、必ず戻る事をここに誓う」

空《くう》に上げた手を下ろそうとして、心許《こころもと》なげな様子でこちらを見上げている蠣崎に気がつく。

その手を蠣崎の頭に下ろし、そっと髪をなでた。

「これでいいね。大丈夫だからさ、心配しないで」

蠣崎は頬を染め、眼差《まなざし》を和《やわ》らげる。

「あんたって素敵な人だね。うっとりしちゃいそう」

ともかくも落ち着いてくれたようで、よかったと思いながらスマートフォンを出した。

「番号とアドレス教えといて」

素直に応じた蠣崎の手の中で、スマートフォンが鳴り出す。耳慣れないメロディだった。

「あ、うちの校歌だから」

言い訳のようにつぶやき、耳に当てる。しばらく話していて、こちらに目を向けた。

「もうあんまり必要ないかもしんないけど、新情報。私、さっき叔父さんとこ行ったでしょ」

二階と三階をつなぐ階段の存在がわかったのは、その成果だった。

「その時、頼んできたんだ。サイトの平面図には載ってなくて、設計図には載ってる部分が他にもあったら教えてって。もしかして役に立つかもしれないって思ってさ。今のは、その連絡。三階の教会堂の南側聖具室の床から一階まで、ほぼ八mを貫通している縦穴があるって」

貴和は修道院を見上げる。

「モン・サン・ミシェルでは、そこに人力で動かす大車輪を嵌《は》めこんで、荷揚げ用に使ってるみたい。でも千畳山の教会は荷車の通れる道があるから、それを設置する必要がなくて、そのまま空洞にしてあるんだって。大車輪がないだけで、他は同じらしい」

スマートフォンに保存してあるモン・サン・ミシェルの平面図を呼び出す。三階から一階に及ぶ空間の内壁には、作業用の小さな階段が付いており、ドアでそれぞれの階に出られるようになっていた。貴和は急いで尖塔《せんとう》が見える場所まで移動する。

「ちょっと、私を置いてかないでよ」

教会建築では、尖塔の下に袖廊《しゅうろう》と身廊の交差部がくる決まりで、聖具室は後陣回廊の出入口に設けられる事が多かった。外側から聖具室の位置を判断するのは、容易《たやす》い。

視界に尖塔を捉《とら》え、そこから視線を下ろして三階の外壁を見つめる。内側を想像し、南側聖具室の場所を特定した。そこから一階にかけて目で追う。間もなく、地面に接した部分に空気取りの窓を見つけた。縦横が三十cmほどで、鉄格子が嵌《はま》っているがガラスはない。

「俺、あの窓から入る」

上杉と違う侵入経路を発見でき、よかったと思った。追いかけてきた蠣崎は息を切らせ、肩を大きく上下させている。無邪気な顔付きが何ともかわいらしかった。

「周りの壁を壊す工具が必要なんだけど、消音器付きのを都合してもらえるかな」

蠣崎の目に、活気が戻る。

「建設会社の親戚がいてよかったって、今日ほど思った事、今までになかったよ。誰かに、すぐ持ってきてもらうから」

急いで電話をかけ、格子付きの窓を壊す道具を頼んだ。

「三十分くらいで来られるって。会社の人は皆、忙しくて手が離せないから、叔父が仕事の合間を見て、自分で持ってくるみたい。何に使うんだって聞かれたけど、誤魔化《ごまか》しといた」

頼もしい助手に満足しながらその両肩に手を載せ、顔をのぞきこむ。

「中に入ったら、十分置きに空メールを送る。それが途絶えるような事があったら、それは、誓い空《むな》しく俺が倒れた時だ。すぐ警察に行ってこう言うんだよ。私の友達がふざけて修道院に忍びこんだんですが、そのまま帰ってきませんって。君の演技力に期待する。そしたら任意の調査ぐらいは、きっとしてもらえるからさ」

7

和典は、咳《せ》きこんで目を覚ます。いつの間にか眠ったようだった。まだ何とか生きているらしい。水を飲みたかったが、ホルスターに差してあったペットボトルは、十字架との衝突で破裂していた。横たわったまま、自分の周りに転がっている夥《おびただ》しい数の骨を見つめる。この主たちは、人生を充分に生きられたのだろうか。

和典は、今までのほとんどの時間を母親の支配下で過ごしてきた。自分の人生を生きたとは言い難《がた》い。それを初めに意識したのは、レストランに行った時だった。メニューを渡され、選んでいると、母がこう言った。

「あなたには、これがいいわ。これになさい」

学校も塾も、部活も付き合う友人も、すべてそうだった。和典の人生は、ほとんど母に乗っ取られている。このままで終わっていいのかと自分に問い直した。これでは、一度も生きた事がないのと同じだ。支配を覆《くつがえ》すチャンスを摑《つか》みたい。ここを生き抜いて、自分の人生を取り戻したかった。

空気が動き、頰に触れる。風が入ってきていた。どこかに通風孔があるらしい。そこが広ければ、出られるかもしれなかった。ゆっくりと体を起こし、肺を押さえながら立ち上がる。体中の重みが胸に押し寄せてくるようで息が詰まった。口を開け、大きく呼吸しながら壁に体を持たせかける。ここで転んだら、状況はさらに悪くなると思いながら慎重に風の方向に足を向けた。

闇の中を、壁伝《かべづた》いに進む。どうせ見えないのだからと考えて目をつぶった。わずかな風に神経を集中させる。巨大迷路と同様で、壁に沿って行きさえすれば必ずどこかに出られるはずだった。少し移動しては休む。自分は希望に向かって歩いているのだと信じた。たとえここで死んでも、あそこに転がったまま死ぬよりはましだ。こっちの方が絶対カッコいい。

風は向きを変え、弱くなり、また途絶えた。そのたびに立ち止まり、苛立《いらだ》つ自分を宥《なだ》める。これを頼りに進む事だけが、今できるすべてだった。できる事を全力でやるしかない。

やがて瞼《まぶた》の裏に明るさが走る。目を開ければ、前方の床近くから光が射しこんでいた。走り寄りたい思いを抑えてゆっくりと歩み、そっとしゃがみこむ。

そこに、鉄格子の嵌《はま》った窓があった。外からの光と風を通している。だが縦横三十㎝ほどだった。どうやっても体が通る大きさではない。出られないとわかり、力が抜けた。そのままズルズルと床に横になる。

8

鉄格子の向こうで、影が動いたような気がした。のぞきこもうとした貴和の後ろで、蠣崎が溜《た》め息をつき、話していた電話を切る。

「市内が渋滞してて抜けられないから、もうしばらくかかりそうだって」

待つしかなかった。ポケットで着信音が鳴り始める。

「あのさぁ」

小塚からだった。

「上杉が送ってきた画像、ちょっと気になってるんだ。でも本人と連絡つかなくって。黒木んとこにも送ってきてないかな」

初耳だった。

「上杉が送ってきた画像って、何」

もしかして犯罪の証拠かもしれない。貴和に送らず小塚に送るというのは妙な話だったが、それでも期待せずにいられなかった。勢いこんで耳を澄ます。

「後ろに写ってた他の植物から判断して、たぶん薬草園の写真。植物の名前を聞いてきたんだ」

当てが外《はず》れ、返事に詰まった。同時に腹立たしくなる。上杉は、中でいったい何をやっているんだ。余計な事に手を出しているから、失敗したんじゃないのか。

「俺んとこには、何もきてない」

気色ばんで答えると、小塚はその雰囲気を察知し、あわてたようだった。

「あ、ごめん。後で本人に連絡とって聞いてみるよ。じゃね」

急いで切ろうとしたところを、呼び止める。小塚が悪い訳でもないのに威嚇《いかく》したような感じになってしまい、反省した。努めて穏やかな声で尋ねる。

「画像の、どこが気になったわけ」

電話の向こうで、ほっとしたような息がもれた。

「聞かれたのは黄華鬘《キケマン》っていう越年草だったんだけど、後ろの方に危険な植物群が見えたんだ。栽培が禁止されてる芥子《けし》科の一年草だよ。繊毛や葉の状態もよく写ってたから、ほぼ間違いない。薬用に使うんだと思うけど、それでも違法だからさ」

喉から声が迸《ほとばし》った。

「その画像、送って、今すぐ」

栽培禁止の芥子科植物なら、阿片《あへん》法違反だった。画像があれば警察を動かせる。勝ったと思いながら電話を切った。

「警察に行ってくる」

蠣崎は、呆気《あっけ》に取られたようだった。

「窓から入るんじゃなかったの」

スマートフォンが着信を知らせる。小塚が送ってきた画像を確認しながら、片手を拳に握りしめた。

「中止だ。正面玄関から堂々、入れそうだからさ」

蠣崎が、ぼそっとつぶやく。

「こいつ、天然王子か。渋滞縫って工具を届けてくれる叔父に、何て言えばいいんだよ」

貴和は、一言もない。どうも勝利に酔わされ、浮かれていたらしかった。

「悪かった」

天然扱いされたのは生まれて初めてで、自嘲しながら、ふと思いつく。警察が動く前に上杉を回収しておいた方が後々の面倒がないのではないかと。不法侵入を問われると、親が呼び出されるだろうから厄介《やっかい》な事になる。目紛《めまぐ》るしく思いを巡らせ、当面ベストと思われる結論を出した。

「こうしよう、君が警察に行ってくれ。俺はここで、君の叔父さんを待つ」

小塚の送ってくれた画像をディスプレイに固定させ、スマートフォンを蠣崎に渡した。

「こう言うんだ。阿片《あへん》法違反の植物が大量に栽培されているのを見つけました。この画像です。場所は千畳山の修道院で、中には若武という友人が閉じこめられています。すぐ助けてくださいって。君のスマートフォンは、俺に貸しといて」

話の展開の速さに、蠣崎はついてくるのがやっとだったらしく、頷《うなず》きながらも狼狽《うろた》えていた。

貴和は蠣崎のスマートフォンを受け取り、その両肩を摑《つか》んで体を遊歩道の方に向ける。

「じゃ出発、ＧＯ」

声をかけたとたん、転がり落ちる賽子《サイコロ》のように遊歩道を駆け下っていった。微笑みながら見送っていると、手の中で蠣崎のスマートフォンが鳴り出す。電話だった。

「ああ結衣か、悪いんだけど」

中年男性の嗄《か》れた声で、貴和が何一つ言わないうちに興奮した様子で話し始める。

「エンジントラブル起こして、車動かなくなっちまったんだわ。今、レッカー車待ち。これが片付いたらすぐ行っから」

蠣崎の叔父らしい。

「待っててけれな」

工具は、当分届かないようだった。警察の方が先に到着するかもしれない。その前に上杉を見つけなければならなかった。鉄格子の窓から入れなければ、上杉と同じ経路を取るしかない。危険はあるが、時間の問題で警察が来るのだから何とかなるだろう。

貴和は柵を飛び越え、記憶にある平面図を頼りに庭を横切った。テラスを歩く。内階段があると思われるあたりに大きな扉を見つけ、音がしないように気を付けて開けた。隙間《すきま》から射しこむ光で、奥にある石の階段が浮かび上がる。およその距離を覚えておき、中に入って暗闇の中を進んだ。突き当たりの階段を上る。

途中で何かを踏みつけたが、そのままやり過ごし、二階まで上った。そこから外階段になっている。貴和は引き返し、先ほど踏みつけた物を摑《つか》んで太陽の下まで持ってきた。上杉の靴である。ヒヤリとしながら、ここを通ってよかったと思った。放置しておいて警察に見つけられたら、言い逃れは難しい。

三階まで上り、広場のようなバルコニーから靴を敷地《しきち》外に放り投げた。証拠隠滅を図ってから、正面奥に見える教会堂に近づく。上杉は、その北側にある部屋を調べにいったはずだった。

光に満ちた教会堂内を横切る。ドーム型の天井を持つ後陣に六枚の巨大なガラスが嵌《は》めこまれており、そこから射しこむ光が球のように纏《まと》まり、四方八方に輝きを放っていた。この修道院が聖なる光という名前を冠していた事を思い出す。司祭の話によれば、物質を所有しないアルビ派にとっては、光がもっとも大切なもの、それこそ教義そのものなのだった。創設者の橋本重蔵は、この空間を見て教会の購入を考えついたのかもしれない。凶暴といってもいいほど大量の光に顔をしかめながら堂内を行き過ぎ、北の小部屋を見て回る。上杉の姿はなかった。

袖廊の出入り口から外に出て、回廊の東側にある巨大な部屋に入る。そこも無人で、三階の部屋はそれですべてだった。

二階に下りる。古文書保管室から礼拝室、多くの部屋、厨房《ちゅうぼう》やトイレなどを見て回った。どこにも上杉はいない。一階に下り、またも捜す。ここにも誰もいなかった。いったい上杉はどこに行ったのか、上杉ばかりではない。咲蘭《さら》や若武や、そして完全信徒はどこにいるのか。物音もしない。あたりを席捲する凄《すさ》まじい光に何もかも溶かされ、呑みこまれて消えてしまったかのようだった。

遠くからパトカーのサイレンが聞こえてくる。貴和は舌打ちした。急がねばと思った瞬間、頭上で足音が上がる。三階のバルコニーを、誰かが走っていた。とっさに靴を脱ぎ、階段を駆け上がる。

バルコニーに出る手前で足を止め、壁に隠れながら向こうをのぞくと、手摺《てす》りから身を乗り出すようにして桜坂を見下ろしている咲蘭の背中が見えた。

サイレンは徐々に大きくなり、近づいてくる。桜坂とは反対側にある正門の方からも、音が聞こえ始めた。咲蘭はしばし戸惑い、考えている様子だったが、やがて身をひるがえし、教会堂に走りこんだ。

後を追い、その扉を開ける。咲蘭の姿は、聖具室の中に消えるところだった。そっと歩み寄り、扉越しに気配を窺《うかが》う。静まり返っていた。音がしないようにノブを回し、少しずつ扉を開けていく。床に丸太のようなものが転がっており、その上に咲蘭が跨《またが》っていた。一瞬、何をしているのかわからなかった。用心深く身を乗り出す。目を凝《こ》らせば、咲蘭の体の下にあるのは丸めた毛布で、そこから若武の顔が見えた。首に、咲蘭の両手がかかっている。思わず声を上げた。

「止《や》めろ」

咲蘭は、こちらを振り向く。その顔は、駅で見た時と同じだった。細く青い毛細血管が顔中に浮き上がり、目の奥で獰猛《どうもう》な罪の意識が輝いている。激しい怒りと深い傷を抱え、すべてに絶望しながら必死でそれを繕おうとしている人間の顔だった。貴和は一瞬、立ち竦《すく》む。咲蘭は体を戻し、再び両手に力をこめた。あわてて飛びつき、後ろから抱え上げて若武から引き剝《は》がす。

「若武、聞こえるか」

腕の中に抱き起こすと、若武はゆっくりと目を開けた。

「ん、何とか」

その体を抱えて立ち上がる。咲蘭が飛びついてきた。

「教義通りに静かに死んでいこうとしているだけなのに、何で邪魔をするの。警察に捕まる前に彼を天に送って、私が後から行こうとしてるだけなのに、どうして邪魔するのよ。ね、彼を私に返して。やっと巡り合ったんだから」

サイレンの音は、すぐ近くまで来ていた。正門のドアフォンに通じている教会堂の子機から、男性の声が聞こえてくる。

「警察ですが、門を開けてもらえませんか」

咲蘭は、踠《もが》くように顔をゆがめた。

「一緒に天の国に帰還する、それが私たちの幸せなの」

貴和の腕の中で若武が身じろぎし、わずかに身を起こす。

「前から言ってるけどさ、幸せは、天国よりこの世で見つけた方がいいって。そうしなよ」

咲蘭は、激しく首を横に振った。棘《おどろ》に乱れた髪が頬に纏《まつ》わり、その顔に濃い影を投げかける。そこに咲蘭の傷が映っていた。それは若武の言葉では埋められないほど深いものなのだった。それでも若武は懸命に体を起こし、話しかける。

「天に帰ろうなんて思わないで、この世で新しく人生を始めた方がいいよ。俺も協力するからさ。一緒に頑張ろうぜ、な」

階下から、門をこじ開ける音が聞こえてくる。貴和は苛立《いらだ》ち、若武と咲蘭のやり取りを遮《さえぎ》った。

「上杉は、どこです」

警察が入ってくる前に立ち去りたかったが、まだ上杉の行方がわからない。おそらく咲蘭が知っているはずだった。

「上杉はどこです」

咲蘭は目を伏せる。

「知りません」

冷ややかなその横顔は、この世のあらゆるものに対する無関心で覆《おお》われていた。自分と恋人に関してしか、心を動かさないと宣言している。貴和はやむなく若武を抱え直し、バルコニーに向かった。

「上杉に会わなかったか」

若武は、苦しそうに眉根を寄せる。

「会ったよ、一瞬だけど。俺がヒーローだとか言ってた。その後どうなったかは、わかんねぇ」

もうすぐ警察が雪崩《なだ》れこむだろう。取りあえず咲蘭の毒牙の及ばない所まで若武を運んでおき、早く上杉を捜さないと。そう思いながら階段を降りかけた。瞬間、後ろから風を感じる。直後に、体当たりするかのような勢いで背中を突き飛ばされた。

とっさに若武を胸の中に抱えこみながら体を捻《ね》じり、数段落ちながらも蹲《しゃが》みこんで踏み留まる。その脇を咲蘭が、悲鳴を上げて落ちていった。踊り場に叩《たた》きつけられて人形のように跳《は》ね上がり、それでも止まらず、さらに落下していく。

「今の、咲蘭の声だよな」

腕の中で若武が、浮かされたようにつぶやいた。

「怒らないでやってよ。かわいそうだから。俺、何とかしたかったんだけど、たぶん力が足りなかったんだろうな。おまえなら何とかできるかも。してやってよ」

若武を抱きしめながら思う、自分の利害を超えて他人を許し、思いやれる男は英雄だと。

「おまえの事、尊敬するよ」

若武は、かすかに笑った。

「この状態でそれ言われても、皮肉にしか聞こえねぇって」

階段を降《くだ》り、二階から一階にかけての段の途中に横たわっている咲蘭を見つける。若武を降ろし、咲蘭の上にかがみこんで鼓動や脈、瞳孔を調べた。すべて正常だったが、意識はない。骨折や内臓出血をしているかもしれず、ここは動かすより救急車に任せた方がよさそうだった。スマートフォンで消防署に通報する。

「聖なる光修道院の階段で、男女二人が倒れています。女性は階段の半ば、男性は下です」

そのまま咲蘭の脇を通り過ぎ、一階の床に若武を横たえた。

「すぐ救急車が来るから、ここでちょっと待ってなよ」

若武は、だるそうにこちらに目を上げる。

「上杉は、どうした。見つかんないわけ」

その両手を体の上で組み合わせ、上から自分の手を重ねて強く握り締めた。

「大丈夫」

警察はまず薬草園を捜すだろう。まだ多少の時間はある。

「必ず見つけるさ。心配すんな」

この修道院の、あらゆる所は見た。まだなのは、大車輪のために造られた空間だけだった。

9

和典は咳《せ》きこみ、口に手を当てて自分が血を吐いている事に気づく。

「やっべ、俺、マジ死ぬかも」

先ほどから上の方がひどく騒がしい。パトカーや救急車のサイレンが響き、人声と足音が絶え間なく聞こえていた。どこかで誰かが怒鳴っている。内容まではわからないものの、咲蘭の声ではなかった。黒木が警察を連れてきたのかもしれない。和典は叫んでみる。思ったほど声が出ず、もちろん応答もなかった。

「やっぱ、無理か」

火事か地震で崩れ落ちた土砂に埋もれている人間の心境だった。さらに何度か試してみて、諦《あきら》める。唇からあふれ出る血を手の甲で拭い、それを振り飛ばした。

瞬間、床から何かが、ふわっと舞い上がる。光を浴びながら空中を漂い、横たわっている和典の頰に落ちてきた。摘まみ上げれば、桜の花弁《はなびら》だった。桃色で薄く、柔らかい。この窓から舞いこんだのだ。つまり、この向こうは桜坂なのだった。

今は花見の季節だ。すぐ近くまで人がやってくる。小さな声でも届くに違いなかった。心の底から喜びが突き上げ、痛みを感じるほど鼓動が高くなる。後はどうやって体力を温存し、声を上げ続けるかの問題だけだった。まず第一声を発してみる。

「誰か、いませんか」

弱々しい声しか出なかったが、窓の向こうで影が動いた。

「そこに、誰かいんの」

女の子の声だった。この際、人間なら誰でもいい。そう思いながら細くなる一方の声で続けた。

「頼みがあるんだ。大町の教会に泊まっている黒木って奴《やつ》に、連絡してくれないか。ここに上杉がいるって」

窓の向こうで慌《あわ》ただしい足音が起こり、鉄格子に顔が押し付けられる。

「え、上杉なの」

黒い鉄棒の間から、蠣崎《かきざき》のぽっちゃりとした顔が見えた。目を見開き、鼻から荒い息を吐いている。

「あんた、何でこんなとこにいんのよ」

どんな顔でも、天使に見えた。

終章

「上杉君」

コンコンと何かを叩《たた》く音で、目が覚めた。和典の体は手術台の上で、医者が叩いたのは和典の手首を覆《おお》うギプスだった。

「肋骨《ろっこつ》八本、左手首、左足の踵《かかと》、踝《くるぶし》、中指、全部合わせて十二ヵ所の骨折だ。折れた肋骨の一部は、肺に刺さってた。派手にやったもんだな。まぁ八mも落ちたにしては、損傷が少ない方だが。ゆっくりしていけよ。どうせ春休みだろ」

笑い声を上げる医者に見送られ、ストレッチャーで病室に入る。間もなく再び眠りに落ちた。英雄になれなかったなと思いながら。

中学は、あと二年しかない。その間になれるのだろうか。それとも英雄になりたいなどとは、もう思わなくなるのだろうか。

深い河に沈みこむように眠って、気がつくと窓辺に黒木が立っていた。外を見ている。横顔に斜めに陽が当たり、きれいな頬の線が光って見えた。まだ髭《ひげ》はない。既《すで》に胸で猛獣を飼っているとは信じ難《がた》かった。

「何、見てんの」

声をかけると、こちらを振り返る。

「自分の心の中」

どこか遠くを見るような眼差《まなざし》だった。

「晴れても曇ってもいない、こういう陽射《ひざ》しの時って、ふっと考えるんだ、自分を作った精子と卵子、そして母体は、どんな人間のものだったのかって。色々と想像して、それが自分の心にいろんな光を投げかけるのを楽しんだりする。俺にしかできない傷の舐《な》め方」

哀《かな》しげな感じのするその目に、自嘲的な笑みを含む。和典は溜《た》め息をつき、胸の痛さに顔をしかめた。

「俺はさ、傷も含めて自分らしさなんだって思うようになったよ」

それは、ここに来て知った事の一つだった。若武の言葉がヒントになった。

「心に刻まれた傷は、経験の一部なんだ。そういう積み重ねで、俺が俺らしくでき上がっていく。傷も抱えていけばいいいって」

断固として傷付く事を拒否した咲蘭《さら》を思う。阿片《あへん》法違反の現行犯で逮捕され、今後の取り調べ次第では、死体遺棄や未成年者誘拐、監禁、殺人未遂、それに窃盗および文化財保護法違反にも問われるようだった。だが精神鑑定がなされれば、その結果によっては罪を問えないとの判断が下される可能性もあるらしい。

咲蘭の透明な感じや清楚《せいそ》な可憐《かれん》さ、凜《りん》とした雰囲気が好きだった。もし今後、会う機会があったなら言ってやりたい、桜坂で一緒に桜を見ようと。あの桜を美しいと思えるようになってほしかった。

「あ、おまえの母上から、俺んとこにメール来てるよ。十通くらい」

いきなり日常に引き戻される。

「いくら連絡しても無視されるから、あなたから伝えてください、早く家に電話するようにって」

クソババアと思いながら目をつぶった。傷は抱えるにしても、これは深すぎるだろうという気がしないでもない。

「さっさと連絡するんだな。入院費を払ってもらわなきゃならないだろ」

子供である事の屈辱に、身が震えた。ドアをノックする音が響き、入院着の若武が顔を出す。

「おお上杉、包帯だらけでミイラみたいだな。微妙にカッコいいかも」

甲高い声が気に障《さわ》り、頭まで毛布をかぶる。

「小塚から聞いたんだけど、心配して飛んできてくれたんだって。サンクス。でもおまえ、哀しくなるほど何の役にも立たなかったよな。これが本当の骨折り損の草臥《くたび》れ儲《もう》けってヤツだ。ここに来た意味、なかったんじゃね」

布団の中で舌打ちする。こいつ、あの修道院で死滅させとけばよかった。

「そうでもないよ」

黒木の笑い声が聞こえる。

「上杉先生は、この地でガールフレンドをゲットしたんだ。ここに来た意味はあった」

布団を跳《は》ねあげ、勝手に話を作るなと叫ぼうとして激痛で挫折する。遣《や》る方ない思いで奥歯を嚙《か》んだ。メールの着信音が流れ出す。黒木の着メロだった。

「あ、忍《しのぶ》からだ。上杉宛だぜ」

足音が歩み寄り、目の前にスマートフォンが突き出される。

「連絡つかないから、伝えてくれって」

画面に浮かんでいる文字に視線を走らせた。

「一緒に、ITの会社立ち上げないか」

今まで経験した事もない強い風が、いきなり顔に吹きつけてきた気がした。

「おまえの数学能力を評価しての提案。アップルを創業したのは二人だろ。ジョブズとウォズニアック。インスタグラムを創業したのも二人だ、シストロムとクリーガー。俺たちもいけるんじゃないかな。経団連もようやく第四次産業革命に本腰を入れるらしいし」

それで初めて意識した、IT、information technologyという角度から切り取れば、今が明治維新に匹敵するほどの激動期であると。そこに生まれたかったと和典が思っていた時代が、よく考えれば目の前にあるのだった。

うれしくなりながら、母がそれらを苦手としている事を思い出す。ＩＴは、数学と同じく母の支配の及ばない世界だった。

「やってもいいって言っといて」

新たな突破口を見つけた気分になる。こうやって一つずつ確保していけば、今にきっと不動の自分になれるだろう。

「送った。ところで上杉先生、新学期からの自由単位、数学取らなかったんだって。噂《うわさ》になってるけど」

胸に、先日までの不安が甦《よみがえ》る。この選択で大事なものを失うかもしれないと考えて、ずっと憂《ゆう》鬱《うつ》だった。だが今は、新しい何かを手に入れられるかもしれないという気になっている。失うか、得られるか、これは賭けだ。それに挑む勇気が心に生まれていた。よし、いける。さぁいこう。

《完》

藤本ひとみの単行本リスト

ミステリー・歴史ミステリー小説

『青い真珠は知っている KZ' Deep File』講談社
『桜坂は罪をかかえる KZ' Deep File』講談社
『いつの日か伝説になる KZ' Deep File』講談社
『断層の森で見る夢は KZ' Deep File』講談社
『失楽園のイヴ KZ' Upper File』講談社
『密室を開ける手 KZ' Upper File』講談社
『数学者の夏』講談社
『死にふさわしい罪』講談社
『君が残した贈りもの』講談社
『モンスター・シークレット』文藝春秋
『見知らぬ遊戯——鑑定医シャルル』集英社
『歓びの娘——鑑定医シャルル』集英社
『快楽の伏流——鑑定医シャルル』集英社
『令嬢たちの世にも恐ろしい物語』集英社
『大修院長ジュスティーヌ』文藝春秋
『貴腐 みだらな迷宮』文藝春秋
『聖ヨゼフの惨劇』講談社
『聖アントニウスの殺人』講談社

日本歴史小説

『火桜が根 幕末女志士 多勢子』中央公論新社
『会津孤剣 幕末京都守護職始末』中央公論新社
『壬生烈風 幕末京都守護職始末』中央公論新社
『士道残照 幕末京都守護職始末』中央公論新社
『幕末銃姫伝 京の風 会津の花』中央公論新社
『維新銃姫伝 会津の桜 京都の紅葉』中央公論新社

西洋歴史小説

『侯爵サド』文藝春秋
『侯爵サド夫人』文藝春秋
『バスティーユの陰謀』文藝春秋
『ハプスブルクの宝剣』［上・下］文藝春秋
『令嬢テレジアと華麗なる愛人たち』集英社
『マリー・アントワネットの恋人』集英社
『皇后ジョゼフィーヌの恋』集英社
『ブルボンの封印』［上・下］集英社
『ダ・ヴィンチの愛人』集英社
『ノストラダムスと王妃』［上・下］集英社
『暗殺者ロレンザッチョ』新潮社

『コキュ伯爵夫人の艶事』新潮社
『エルメス伯爵夫人の恋』新潮社
『聖女ジャンヌと娼婦ジャンヌ』新潮社
『マリー・アントワネットの遺言』朝日新聞出版
『ナポレオン千一夜物語』潮出版社
『ナポレオンの宝剣　愛と戦い』潮出版社
『聖戦ヴァンデ』〔上・下〕角川書店
『皇帝ナポレオン』〔上・下〕角川書店
『王妃マリー・アントワネット　青春の光と影』角川書店
『王妃マリー・アントワネット　華やかな悲劇』角川書店
『三銃士』講談社
『新・三銃士　ダルタニャンとミラディ』講談社
『皇妃エリザベート』講談社
『アンジェリク　緋色の旗』講談社

恋愛小説

『いい女』中央公論社
『離婚美人』中央公論社
『華麗なるオデパン』文藝春秋
『恋愛王国オデパン』文藝春秋
『快楽革命オデパン』文藝春秋
『鎌倉の秘めごと』文藝春秋
『恋する力』文藝春秋
『シャネル　ＣＨＡＮＥＬ』講談社
『離婚まで』集英社
『綺羅星』角川書店

ユーモア小説

『マリリン・モンローという女』角川書店
『隣りの若草さん』白泉社

エッセイほか

『マリー・アントワネットの生涯』中央公論新社
『マリー・アントワネットの娘』中央公論新社
『天使と呼ばれた悪女』中央公論新社
『ジャンヌ・ダルクの生涯』中央公論新社
『華麗なる古都と古城を訪ねて』中央公論新社
『パンドラの娘』講談社
『時にはロマンティク』講談社
『ナポレオンに選ばれた男たち』新潮社
『皇帝を惑わせた女たち』角川書店
『ナポレオンに学ぶ成功のための20の仕事力』日経ＢＰ社
『人はなぜ裏切るのか　ナポレオン帝国の組織心理学』朝日新聞出版

藤本ひとみ　（ふじもと　ひとみ）

長野県生まれ。

西洋史への深い造詣と綿密な取材に基づく歴史小説で脚光を浴びる。

フランス政府観光局親善大使を務め、現在ＡＦ（フランス観光開発機構）名誉委員。パリに本部を置くフランス・ナポレオン史研究学会の日本人初会員。

著書に、『皇妃エリザベート』『シャネル』『アンジェリク　緋色の旗』『ハプスブルクの宝剣』『皇帝ナポレオン』『幕末銃姫伝』など多数。

KZ'《カッズ》 Deep《ディープ》 File《ファイル》
桜坂《さくらざか》は罪《つみ》をかかえる

二〇一六年十月　五　日　第一刷発行
二〇二三年八月二十五日　第十刷発行

著　者　藤本《ふじもと》ひとみ
発行者　森田浩章
発行所　株式会社講談社　（〒一一二－八〇〇一）
東京都文京区音羽二－一二－二一
電話　編集　〇三（五三九五）三五三五
販売　〇三（五三九五）三六二五
業務　〇三（五三九五）三六一五

印刷所　株式会社新藤慶昌堂
製本所　株式会社若林製本工場
本文データ制作　講談社デジタル製作

N.D.C.913　286p　22cm　ISBN978-4-06-220268-8

本書は書きおろしです。